U0625182

小屋里长满日落

罗淑英 ◎ 著

陕西新华出版
太白文艺出版社·西安

图书在版编目（CIP）数据

小屋里长满日落 / 罗淑英著. -- 西安 ： 太白文艺出版社，
2024. 10. -- ISBN 978-7-5513-2691-9

Ⅰ．I217.2

中国国家版本馆CIP数据核字第2024NB1564号

小屋里长满日落
XIAOWU LI ZHANGMAN RILUO

作 者	罗淑英	
责任编辑	党 铫 雎华阳	
装帧设计	青年作家网	
出版发行	太白文艺出版社	
经 销	新华书店	
印 刷	永清县晔盛亚胶印有限公司	
开 本	880mm×1230mm 1/32	
字 数	290千字	
印 张	10.5	
版 次	2024年10月第1版	
印 次	2024年10月第1次印刷	
书 号	ISBN 978-7-5513-2691-9	
定 价	78.00元	

前 言

    我们大多数人在这世上都只是一个平凡而渺小的存在，难免会经历一些难以预料的困苦和挫折。我们惊慌于那颗控制不住的心，它趋向大海深处，波涛汹涌、暗流涌动，碍于现实，我们又不得不抚平那些凸起的情绪，展示毫无波澜的水面，以至于时间久了，我们对真诚的表达都带着晦涩不安，和人的对话越来越少、越来越少。

    不过，这都不要紧，呆呆地坐一个下午，不想说便不说，多读几本书，多吃几颗李子，多睡几个回笼觉，和雪花一起融化，陪小草长出新芽，和刺桐一起舒展、盛开。

    岁月悠长，我们还有很多的路要走。仅仅希望在这荒凉贫瘠又生机盎然的世上，能给阅读此书的朋友增添一点点温暖。

风已经过去太久了
留恋风的时间已经够多了
不要沉眠

雪山

翻滚的云朵

他们说茅坝八月便稻谷清香
禾穗弯腰
而我还想了解禾苗是如何在朝朝暮暮中长出来的

凉溪的河水一直很安静
玫粉色、白色的桃花花瓣漂浮在上面
荡开
又被风搅回来
泛起层层涟漪
真美啊!

湖中孤岛

树下

站在树下
望光影斑驳
听风在树与树之间哗哗作响
有些树不必开花结果
它们迎接四季,长出年轮也是宿命

四月的雨从屋檐掉落下来的时候
可以看见天空的颜色

无名雏菊

刺桐花

黎明和黄昏
日出和日落
天边橘色的日光渐渐透过云层
一片是今朝的开始
一片是明日的伏笔

一个人，最好的生活状态是心中有梦
带着爱，还有一丝牵挂
眼里有光明，有思念
那么无论如何
即便身处一片黑暗中
也终会抵达想要去的远方

花

平行线与时间

我明白
这一次有人将雾气留在了鹿回头
而雾气散去总是需要时间的
但是有雾的风景又何尝不是一种别样的美呢!

夏天将晚未晚的时刻
有一缕风总是让人心安
它吹动树梢
缥缈了月亮

树冠

爱情守护塔

你要让自己的内心丰盈，愉悦
带着一些无所顾忌的态度去体验不同的海啸和阳光
又有何不可

目录

诗歌篇

散文篇

小说篇

诗歌篇

我听见风在青草间相撞
如海浪拍打着我的双脚

绿

树

周遭还是一片静寂
除了偶然跳跃的影子
以及那片墨绿竹林和红薯藤悄然散发出的野草味儿
似乎一切都充满了未知

渔人码头的风还是带着咸咸的腥味
在老街旁的内港河上停满了渔船
它们的灯光明明灭灭
三角梅在跨桥上盛开得骄矜夺目

码头

写在诗歌前面的话

窗外栏杆上挂满了雨滴，天空氤氲着的滚滚雾气似乎要将环绕赤水河的丛丛山峰吞没，就在你面前的高大榕树也被缠绕着，怎么抹也抹不开。这一刻的茅台诗意浓厚，李清照的"天接云涛连晓雾，星河欲转千帆舞"也不过如此。

对于诗歌，我的理解很简单，只要你能从一首诗中的一两句，甚至是一个字里感受到这个世界的温暖和善意，能唤起你内心深处的记忆，让你为之感动，这首诗歌就是有存在的意义的。它可以是一棵银杏树，一座低矮城池，一张老旧课桌，甚至可以是一双泛黄的白色帆布鞋，它在漫长的时间里陪伴你，在你需要的时候以文字的方式守候着你。

诗歌是纯粹的，是世间少有的干净领域，阅读一首优秀的诗歌，是可以进入诗人独有的三维空间的。在这个空间里，也许有喧嚣、有静默、有怀念和呼唤，从宏观到微观，从抽象到具体，如此浩瀚、有趣。

有一天，当你翻开一本诗集，把某首诗歌反复研读，你会感叹我们行走在生活中却快忘了生活本身的意义，你也许会潸然泪下，也许会豁然开朗，我们来到这个世界，难道不是遵循自己的内心，按照自己的意愿过完这一生吗？然后平复情绪，带着诗歌给予我们的力量继续翻越时间。

大海和云朵

门前是昨夜到访的雪
我坐在火炉旁叫她们融化
火焰的影子映在奶奶的侧脸
摇曳、流淌、倾斜
她唤我
素素
素素

于是
就闻到了饭菜的香味
颤巍巍捧回最干净的雪煮了茶
握着我的手，看我眯着眼喝下
奶奶双手布满青筋和皱纹
小手指弯曲
如同扳不直的枯树枝

八年了
奶奶
大海和云朵会收留我吗？
四仑山只要抖动额角的碎发
风便从山林里涌来
只听得见
簌簌
簌簌

我能吹响的只有口哨了

黄昏
我们从山顶归来
洁白的马匹越过沟壑
跳下悬崖
胆小的我揪着它们的毛发攻下一座座城池

布谷、秧苗、萤火虫
或火堆、烧煳的红苕
它们供我在破旧的世界里站在浮云中央

如今
山林结满带刺的血痂
尘埃落在窗台

对着镜子剪下一茬茬白发
试图寻找白发在纸巾上的影子

我的经幡只为和平涌动
我的白马身上长满雏菊

荷包里的圣女果

从未坐过超过十个小时的中巴车
是的
它不是火车
更不是轮船

淤泥覆盖在轮胎凹陷的褶皱处
噗噗噗

只听见太阳蒸发的喘息
当然
不能确定那是否为绝望的呻吟

烟草的味道
座椅的锈斑与汗渍把所有人的脸裹挟
从荷包里掏出一颗圣女果
用纸巾反复擦拭
仔细闻着它的味道

汁水在唇齿间爆出的时候
如同燃烧的积雪
不敢发出声响

你要知道
它原本躺在我中学的课桌里

水缸里盛开的野花儿

她常坐在屋外坝子的石缸上
眺望
那座叫野猪池的山

布谷盘旋在李子树左右
石缸的底部裂了一条缝
那条缝和她左手虎口相似

缸里全是淤泥
一株幼苗破土而出

她踢着双脚
青色布鞋一前一后敲打缸壁
雨水堆积的青苔掩盖了声音

阳光和院子里的野风
豆红色发绳
过渡成孝帕缝制的白色帽子

远方有人影晃动
水缸里盛开了一朵赤橙色的花儿

问候轨道的声音

羚羊、犀牛、斑鸠
或者还有食人花
通通在火车上
玩纸牌、打瞌睡、嗑瓜子

我是它们口里的唾沫
翻飞的双唇
偌大腥臭的舌头将我喷射出去

沾满水渍的车窗玻璃
闪着落日的光
是橘色的

一丛丛野草从双眼里倒退
这是一生最温暖的时刻
它们踩过的轨道
暴雨浓浆相互纠缠

我躺在上面
等待即将到来的瓜子壳

鸟 儿

晒干的忍冬花在簸箕里轻飘飘
老者挥了挥手
长吁一声
嚯——
散开

鸟儿从长了青苔的围墙
飞到黄牛的耳朵上
啃食的青草旁有几棵蛇莓
偶尔
红和鸩毒有关

双翼把天空擦拭
清洗出一玻璃瓶子的蓝
这一座山和海一样辽阔
飞得倦了便回头望望收割后的稻田
每只鸟儿
都应该有一个属于自己的村庄

雪 辞

如果途经我坍塌的身体
恰巧那时
抖动的宣纸点燃整座村庄
不要将我带走

让我在荒野的树枝上停留
划过的黑色翅膀将天空砍断
在你眉间沟壑融化

听风声穿过你的发梢
看劲草在疾风里
寸寸淹没

风干的墨迹遮住两指间的猩红一点
在山峰与山峰间呼啸、拍打
躺在轮毂碾过的痕迹上
等待破晓的浮云将我掩埋

一朵雪花的盛开

用雨去寻找河川
跟随风去感叹四季

一朵雪花的盛开
雕花屋檐、深夜烟火
辽阔、洁白
而后钟声响起

一只脚陷入雪地
它的厚度
薄得如同奶奶扛起锄头时
轻轻吐出的叹息

柚子的启示

枇杷树被雪压倒了
旁边的梅树好像也倒了
柴刀砍下去
一刀又一刀
它们没有反抗

柚子滚到脚下
滚得那么快
恰好有打湿的落叶和泥土沾在上面
松针，还有不知名的藤蔓

这个丛林
山顶的柚子树
那么柔和、辽阔
砍柴刀停了下来
它在这片村落有些孤独

雨

雨携带空灵
将所有看不见的缝隙一条又一条地寻觅
虔诚地洗涤

扎在树干上
饱满地盛开
雀鸟收起双翼
在滴答滴答里歌唱

雨还似繁花落叶
仰头一眼便能在天空里辨认出它的美
偶尔挡不住脾气与万物相撞

厚厚的尘土随风嘶吼
又趁着暮色在它的身体里安静落下
它说它不想静悄悄地来，更不愿静悄悄地流淌

可是它最终也无法忘记自己雨的身份
它又来来往往
滑落在青青稻田里

在茅台镇

数不尽的诗意

在茅台镇每一条堆满故事的小道

在没有时间尽头的街角

扑鼻而来的缕缕酒香

蔓延小镇

是姹紫嫣红的三角梅微醺到极致地绽放

粉紫的娇艳

赤红的瑰丽

雪白的优雅

一簇一簇

一片一片

一叠一叠

层层铺开

爬满一壁又一壁的枫藤

在摇曳的清风里秋红夏绿

和着溢满天空的七色云彩

一幅生动可爱的油彩跃然纸上

清晰静谧的

模糊热闹的

这一场简单而华丽的烟火在这里

在茅台镇

如果你曾静下心来凝望青砖黛瓦的厂房
在影影绰绰的阳光下
赤水河的波涛就会在你心口泛起涟漪
鲜艳的红色恰似电影镜头一般
反反复复呈现在眼前
在脑海
屹立不倒的何止丰碑
在赤水河的召唤里
在万千冲洗的过往里
小号声在凌厉中响起
铁血铸就的身躯在年轮之上燃烧
魂魄在猩红的旗帜上散落轰隆的战火
历史的苍穹在这里
在茅台镇

通往生产车间的一缕清风被精心修剪过
干干净净
温温柔柔
胸口的悸动是微生物在耳旁的呢喃
你的双眸被神秘晕染
舞动的芭蕾在曲谱上肆意扇动翅膀
扬起的铁锹伴随春雪消融的欢笑
最原始最古老的工艺一直不曾离开
一世又一世
一代又一代
纯粹的传承在这里
在茅台镇

空空如也的街头

旧曲拉起熙熙攘攘

屋顶的神兽

在落日黄昏时独醉

远方降临的客人

在朦胧轮廓里酝酿浪漫

如果衣着褴褛的流浪汉醉卧在古镇一角

请务必不要打扰

因为你熟悉的，你陌生的

在这里迈着同样的步伐

拥有同样的呼吸

孤独的、尖锐的、颓废的、迷茫的你

如果坠落在茅台镇

就稍稍敞开灵魂

忘了那些琐碎吧

大胆去爱、去拥抱、去抚摸清澈的脸庞

世俗蒙不住我们的双眸

留下一片安宁在脚丫、在手心、在鼻尖，在你的风景里

三天也好

五日也罢

把心分一点点在茅台镇

可好

早熟的梨树

荒野的地里有一棵梨树
只有一尺多高

它的枝丫有六七条
满身的果实将它压弯了腰
它佝偻着身子度过了难熬的日日夜夜

路过的人兴奋地摘下一个
咬了一口便毫不留恋地扔掉

它在荒野的地里孤独
它没有错
它只是一棵早熟的梨树

她的手

仔细端详着她的手
轰隆轰隆的声响来回滚动
间歇的沉寂如同深海暗洞

手心布满纹路
上面爬满了风
凛冽的寒风
纵横交错着

一块块凸起的，不属于任何生命的物体
用力睁开双眼
窥视这个压抑、颤抖的幽深隧道

为何没有握紧熟悉的锄头
为何少了锅碗的碰撞
顺着食指
喧嚣的菜市场已然失去了方向

一滴血流淌出几分沧桑
在斑斑血迹里
她提起裙角舞蹈
在一幅素描的边角处落下自己的名字

发尾拂过四季的风
是厚重而狂野的心跳
怦怦怦怦

从深陷的梦境里脱离
她活了过来
她的双手没了骨头
眼角剩下两行泪水

1998年的奶奶

月亮还很圆的时候
她端一条长木凳放在坝子边
坐在那儿
和经过坝子的村民唠着
煮饭、砍柴、娶儿媳妇

月亮快睡着了
孙女蹲在几米外的荒土里
拉不出屎，疼得哭了起来

她吼着
不让吃，非得吃
又提着那条残疾的右腿
冲进土里扯了几根土大黄
回屋点燃煤油灯
烧火熬药

玻璃杯

我写玻璃杯的时候
乌鸦钻进灰土陶罐
掀开坚硬的河水
棉花白的云朵倒退

在晨冬的街头拾起他的外套
提起刀的屠夫
怎会去理会一个玻璃杯的独自碰撞

杯身透过永生花
或许可以擦拭掉玫色唇印
可惜最后
奋不顾身的破碎
只换得
他右手的刀换了一个方向

清冽的月

你藏在小森林
渠渠沟壑

我在你左右
你左右着我

我追寻的
桑树、五倍子、夏枯草
是你笔尖下的梨涡

你是七月的风
是山涧一泻而下的泉水
是酸涩的野杏
是槐花
是清冽的月

我一人独居
渴望你在黑夜中
照亮我

刺 梨

吻过野草的星辰
也尝试过
抚摸我

扑向晨光的石头
在舞动
它们无法翻译瀑布的颜色
我只好带着它们歌唱

被火炉烫化的书籍
滚下
从耕牛到一件蓑衣
从落叶到夕阳

无数的我
重复的我
脱下盔甲
赤裸着身子
走向得意的掌心
走向燃着炊烟的人间

鱼

在雪地里收集雪
挖回玫瑰、草莓
六月之后，穿上若草色纱裙
要在海底睡上一觉

醒后，开始收起触角
摆着尾巴，游弋
花溪站到了
梧桐叶打着一路灯光
萤火虫趴在肩上打盹儿
我又悄悄地
推着雪球

一头大象扇着耳朵邀请我
回到南非奔跑的时候
你也要来呀

岛

如何降落在
无垠的玻璃中央

如何漫步在
一个只有一棵椰子树的岛上

当那棵树俯下身子
触及他的唇边
微小的风掀翻了天空

远了，走远了
来不及看清他的睫毛
只有风衣还挂在树上

多年以后
他的遗憾猎猎作响
把它放回海洋
放回足够容纳它的地方

稻草的味道

想在钢筋水泥里
挖一张属于自己的床

在曝晒了几日的稻草里
洒满阳光

如果条件允许
挂一盏稻草做的吊灯

每按一下开关
就假装做了个美好的梦

风 暴

她望着他
鲸鱼望向沙漠
路人走向沼泽

许久
她把拷问化作一尾叹息

游出生活
游回年少

只有捏在手心的玻璃杯
明了
他们正在经历一场
难以逾越的风暴

等待一场湿润的呼吸

她说，我的果实诱人
如同第一次，来到这块稻田
开了一朵小小的白花
她说，我的花儿很别致

她摘下十个果实放进背包
以这样的形式
陪她穿越漠河、香山、稻城
她在绿皮火车上与我讨论牦牛和羚羊
悄悄变成烟火，在她指尖绽放

在攀上色达转经筒的最后那几步
她扒开了我皱巴的皮，不断凑近我
开始自卑和矛盾
果肉干瘪又汹涌

对我而言，从她对我说第一句话开始
我的宿命就是等待
等待这一场湿润的呼吸

风 铃

冰凌
暂时不会着陆

它们会在黄昏前仔细梳理
树的枝条

兔子拖着暮色
点燃了高岭上的雪片莲
松鼠借着火光
偷走树梢的果子

听
一汩汩
嘹亮

风来
从天空铺下的网子
溢出了人世间并不多余的梦

干涸的湖

冬季
他都会出现
捧着几枝蜡梅
像一只狐狸翘着尾巴

有时
他会把手心放进我的帽子
寻找水源
更多的时候
会喂我喝一口热奶茶

冬季
是干涸的湖
他从湖里逃了出来

冬季的最后一天
他站在那儿
站成了一棵不会移动的橡树

冰雪在他身后消融
我踩着橡树的影子

那晚的星星
有十一颗
他没走过来的时间
我做好了一切准备

回 声

她
向井里投了块石子

那个隐秘的井
没有波澜

就这样
投了三十年

后来
她无时无刻不在
往围炉添煤
往土里撒下种子

她的手脚开始枯萎
在枯萎前
用扁担挑起了太阳

脚 印

蜘蛛网捕住蜻蜓
是在午后的盛夏

那时
父亲的田还很辽阔
挽起裤腿
扯出杂草
也要两个钟头

父亲沉迷于简单的劳作
他的眼睛不断睃找着不属于禾苗的青梗
甩出来的稗子里总藏着几颗荸荠

他的双脚离开稻田
走在干净的坝子里
会留下大大的泥土印记

我会把自己的小脚丫放进父亲的大脚印儿里
用同他一样的姿势
犁田
除草
收割稻子

陌生的她

地下室除了几只耗子
还有一个跛足的女人
她有一张没有弹簧的床
那是用两根油条，一个糍粑
从垃圾站换回来的

天还没亮
她已经出门
我走在她的身后
三米远的地方

她的右脚提起来
踩下去
大概花了半辈子

再提一次骨头就会破碎
推车在石子路上
咯吱咯吱响
尖锐的石子
同样划伤我的眼睛

忘了以怎样的姿势
接过她的推车
她的脸上刻着局促
还有疲惫
她把炸得鼓鼓胀胀的糍粑
放入我的书包

路灯亮了
我又无数次跟在她的身后

黑蝴蝶

云朵偏离方向的时候
我在你身旁

黑蝴蝶从南国而来
她的特殊
在于草木
暴雨
和涌动的旗帜

泥土无法掩埋空气
也无法覆盖拔地而起的眷念

世界上所有的伤痛
无形地撕裂在大脑与心脏之间
不知如何吞咽

太阳初升的时候
希望我的黑蝴蝶啊
晒干潮湿的翅膀

我会借你一万朵紫丁香

最后
请来看一眼这一株长在洱海的槲寄生吧

倒　影

渴望风穿上我的鞋子
到达乞力马扎罗山巅

冰与火同时存在
然后云雾消散
亲吻清晨的雪莲

在玻利维亚抚摸鲜红倒影
与我的爱人继续前行

风将我剪碎
鸟儿挥动翅膀
就是一个规则
飞翔让天空放弃了边际

你划过的方向
是我穷极一生的梦

碾 磨

嫩苞谷在它的齿缝温顺
汩汩的汁被村庄的女人抬上灶头

麦子
新米
红苕
加了水都可以灌进它的喉咙

她们从不管
它是否从石臼演变而来

在上山之前
她们背着弯刀
提起一碗烈酒

上山之后
她们仔细砍掉挡路的荆条
抱起干枯的木桩

她们的爱和石榴籽一般
细密

她们不在意自己
正被眼前的这座大山
碾磨

日落滚烫

通往你的路明明近了
却荆棘丛丛
当我跪在你的面前
杨梅树结了累累的青果

日落了
鸟雀拍打翅膀
枯草随风摇啊摇
你总不让我舀水浇灭
那煮完猪食的柴火
就像此时我不愿
山林的风吹灭这根白色蜡烛
掀翻燃烧的黄色纸钱

有那么一天
向日葵盛开的时候
我会用水井湾的水为你烧一壶茶
为你剥开
子母灰里捂着的滚烫洋芋

杉丫

它们在灶头里啪啪作响
奶奶坐在灶头前
拿着烧火棍
指挥着这首属于她的交响乐

我总在拾起它们时
捏住梗
避开锋利的尖刺

从堡堡上背回来的杉丫
只听奶奶的话
一把把从竹箕里抓出来
她的目光一直在燃烧的火洞里

那里有猪圈的两头猪
有屋后菜园子
有背上书包的孙儿
还有来自爷爷泛黄的书信

手上茧子过于鞍厚
已经流不出血了

四千叶子

我曾在长满杂草的稻田里
扯了一把又一把紫色苜蓿
把它们的细小秆子用指甲戳个洞
串成长长的帘子
来装饰我的出租屋

冬天来了
格子裙不见了
连同头顶的大雁
还有屋后的葡萄藤

晚饭过后
只有胶带定格的水泥墙
还留有野草的味道

小确幸

试着把身体
卷进一个坏了一条腿的椅子里

百米外的山坡上
长了一棵苦丁茶树
会不会也有人和我一样
偷偷注视着它

梦里
蝉鸣、梧桐、纳木错
路人把头探进玻璃柜
我会给他介绍我爱吃的华夫饼

或者右手拿汽水的时候在冰柜多停留几秒
从右手到左手
头顶永远悬挂着风
它拉着我在杂货铺里起舞
然后回到小湾的稻田

一朵云的风景

我与你
是一棵梧桐与柳杉的距离

吹向你的风
是我抽象的拥抱

久居桅杆的鸟儿啊
是否捎来楠木收割稻子的消息

有一天
我们会穿过坚硬的土壤
以根系的方式相遇

树冠
枝叶
挺立着静默
要用遍布一朵云的风景
守候着你

樱花雪

去年四月
曾写了一首樱花雪的诗

车轮滚滚而过
翻飞的粉色花瓣
又扬起在空气中
雪花一般飘飘洒洒

今年四月
搜索所有记录
却没有樱花雪三个字

原来
它只是写在我的眼睛里

苔 衣

颓墙
屋瓦
老树根

荫蔽角落处
孢子爆裂和白日焰火
同样神秘

一抔土
一滴雨露
一片新绿

陆地拓荒者
生命伊始到完结

苔色归默默
芥子入森林

缩小
缩小
在汪洋大海里栖息

鱼 尾

你是森林里无拘无束的一匹狼
我是街头一只断了尾的野猫
你说带我去森林开开眼界
我迫不及待想要摆脱车水马龙的喧嚣
还有别人对我的嘲笑
我没有见过山里颜色缤纷
酸得掉牙的葡萄
没有见过枝繁叶茂下的阳光
我要和你离开这个令人作呕的垃圾箱

我们可以一起在河边散步
你会为我捉来我最爱的午餐
我可以唱你喜欢的歌给你听
这样你就不会孤独
这样我也不会孤独

后来
你为我带来一条鱼
只剩了尾巴的鱼
你说没有尾巴的猫
吃了鱼尾就会长出新的尾巴
可是我不喜欢吃鱼尾
你曾说没有尾巴的猫很特别

我看见你把我最喜欢的鱼身给了那只白色的狐狸
树荫下面
你看着那只狐狸开心地吃下
我看见你轻轻抚摸她的尾巴

哦
原来你不是一匹孤独的狼
我将鱼尾丢弃
张开我啃破铜烂铁的嘴
狠狠地咬断你的尾巴
然后将天空的阳光和你的尾巴合葬
这样你也特别了

曾来过这世界

晚风思万千
零碎的、散乱的、斑驳的
是灵魂的躯壳用尽一生力量拍向礁石落下的痕迹

原来我不是一只乐观的飞鸟
不是一头豁达的野牛
而是一个会沮丧，会害怕，会无措的人

不愿逃避
这一次
无论手术台多冷
醒来多疼
未来是否还有那么多跟自己想象中一样的日子
还是会赤裸着脑袋去接受

如果一道伤口的纹路终究跟着我过完这一生
如果注定是一个没有生命的骨架
也绝不向命运低头

笑或不笑都可以
也不需要假装坚强

如果余下的日子是下雨天
就静静待在屋里
在脑海里画
带着翅膀的七色彩鱼

那些火辣的七月
要让一碗两江的凉糕在糖浆里打滚
满足我想要的一丝丝甜

碧蓝倒影
金色麦田
曾在反复擦拭的橡皮擦里
那指缝间带着阳光飞舞的尘土

秋天每一片随风摇曳的干枯落叶
记录我
曾来过这世界

风

走过种满柳杉的山野
难逃你与桑果的气息

从梧桐叶中溜过的月色
恰似你被白芷点缀的发丝
如此温和

大雨来临之前

听见了吗
瀑布从断崖落下的声音
更加野蛮

乌云不愿冷静
它故意将身子压低
露出蜻蜓的翅膀
扑扇扑扇
蜻蜓紧张地拍打着
拍打着
远处的草丛狂乱地甩着头

泥土的腥味
让心脏变得紧迫

春的庇护

牛背起伏
与咀嚼草根的幅度一致

溪流穿过山谷与绿荫之间
少妇放下木盆
鱼鳅串、荠菜、柴胡
净去泥土
与祖祖辈辈的厨房关联

杜鹃择了舒适的巢
开始撕裂身体

带刺的藤蔓往往无法展示自己的温柔
于是，留下动物的皮毛
行人细小的血口子

夜晚
蛰伏瓦片下的幼虫
在繁星里成为蛐蛐
开始扯开喉咙歌唱

从此
有了春的庇护
万物拥抱阳光和果实

夏昼盛开梅花藻

隐匿
隐匿在三个季节
不在意
是否在水底

珍视的水流重量沉沉
带着重量
它把身体变得足够纤细
纤细到可以迎着那片水摇曳

枯木和鱼儿路过
嘀咕着
水中花啊水中花
其实
它也曾向往过大海

夏昼
当一片雾遇见一阵风
海棠花掉落在头顶

它终于探出水面
盛开
它不知道
它的那片水早已流向了海洋

顶着草窝的野玫瑰

假如我是沙漠
我将遮住眼睛
从清晨到黄昏
直到身体发芽抽枝
成为一棵榕树

假如我是袅袅落下的孤阳
我将在天黑前点燃空中的光
驱走屋顶翻卷的云
要它们
为流浪的孩子铺一张柔软的床

假如我是一朵玫瑰
一朵寂寂无闻的野玫瑰
我要顶着草窝
看倦鸟回归
让轻轻耳语的麦浪
随风涌动
一片金黄

甲壳虫倒了身体

野狗踩着它的两只胳膊四条腿
嗅着它细嫩的肚皮

它僵硬着身体
模仿河里的巨石

野狗走了
它又继续在空气中挥舞着

路过的流浪汉
蚂蚁
都捉弄它一番

它学着村里的磨盘
疼痛着移动
直到它靠近一株矮小的苍耳
直到哭泣之前
翻回了身

光 影

那些失去微笑的脸庞
他们多么可怜

抱着孩子在长廊角落哭泣的母亲
氧气罩里的叹息

还有疲惫岛上
人的眼睛
是医院的样子

模糊的天花板有痛苦的呻吟
那些尘埃落定的故事总在夜里翻来覆去
为何全是坑坑洼洼的路
一直走一直跌倒
全是灰黑色
没有人点灯
没有人与我同行
是那个小时候常被人欺负的孩子
变成一块平整的木板让我休息
我曾说过她的笑容是春天里的小溪

这里的每个人都提着自己流下的一罐血逛来逛去
没有一个人呐喊
也忘了哭泣
脑后是剃掉头发后留下的孤寂

我也曾站在岛旁大口大口呼吸
别人送来的向日葵和野玫瑰
路过的人给我两颗枣子
说我的眼里扎了几束干枯的稻草
那是无声的欢笑

太阳落下光影
我把所有的温暖放进橘子里
岛上的人摸了摸自己干裂的嘴唇
剥开橘子的皮
和我一样
大口大口地吞食

梵净山下雪了

梵净山下雪了
山脚的人告诉我

但我不能停止飞翔
铁链套住的锁
是否牢固
当我可以站在松枝上眺望纵深峡谷
还是无法给他解释

一刻钟就好
还是要闭上双眼再次拥抱他
钟声啊
你可以呼啸而过
但请你再给我一次女人的身体

他是我曾开在指尖圣洁的花儿
如今
野草晃动掀起羽袍
森林晨雾稀释了他双眼的倒影

我会飞回我的峰顶
站在松树上抖落与他有关的羽毛

梵净山下雪了
山脚的人已经告诉我

山羊住进我的梦

它一定知道我的梦里
野草鲜嫩
文字与太阳在东方升起
泉水在草原中央
汨汨而出

同时
它也瞧见了
诗集藏在悬崖之后
森林浮于大海之上

丘陵
站在西北
每一块石头都背着一段经文
匍匐着
比世间万物都虔诚

隆达迎着风清洗翅膀
寻找遗失在路上的灵魂

爬上扎耶巴寺的峭壁
山羊的双角变得柔软

巨大的呢喃

她喜欢摘杨梅
摘樱桃
摘辣椒
她说所有的东西都可以从土里长出来

然后
一个月
两个月
三个月
或者更多的时间
就可以从树上摘下来

她摊开双手让我看
娃娃苔
四指扁豆
双胞胎梨子

后来我松动她锄过的土
移植葡萄苗
为土豆挖坑
陪橘子晒太阳

果子熟了
风带着她来到我身边
轻轻耳语

你的果实
比起我的还差点意思哩

那棵红豆杉

徒步来到我的村庄
在五十年前

在菜园子
与野鸭
和逃出圈的牛羊为邻
习惯了黔北的暴雨和烈日
从幼苗到碗粗的枝干

好多人要砍了她做木凳
直到离她三公里的祖父为她披了一块红布
人们才开始敬畏她

村里医不好的病
夜里的梦
思念的人
每根枝条都牢牢系上了信仰和愿望

有一天
她乘上城里来的大货车大张旗鼓地走了
连同她的根系
再也没有回来

两个小时

他离开渔场的两个小时里
警告孩子
不准下楼

我们站在阳台描述鲟鱼的尾巴
花窖子的羽毛

他的车回来了
他抱着孩子来到湖边看蚂蚁搬家

清波鳍露出水面
然后进入深水区

在水面漂浮的石楠花瓣
消融

左边立着一块警示牌
上面写着

水深危险
请勿靠近

毛毛虫

突然而至的硕大雨滴掉下来
像棒槌一般敲打着我
炸开的毛发不再听话
顺着雨水流下来紧紧贴着我的脸
来不及擦拭脸上的冰冷
还有三万里的山水需要跋涉

一个挂着泪痕的女人来到我的跟前
咦
一条无拘无束的毛毛虫
可以四处游玩的你一定很快乐吧

快乐吗
我不知道

身后是万丈悬崖
女人脱掉高跟鞋
高喊一声
来世请给我自由
然后毫不犹豫地转身跳了下去

既是横祸
何故出现在我的面前
为你建一座无碑的坟墓
愿你下个轮回免受红尘牵绊

一群人簇拥着一个大肚腩的男人经过我
湿漉漉的毛毛虫
我呸
真他妈恶心
大肚腩的男人破口大骂

四周的人慌忙应和
踩死它
脏了王总的眼
一只脚向我迅速压下来

我笑了
三句咒语念下
诶
我们怎么变成蛆了

没了嚣张跋扈
剩下的满是惊慌失措
的确
我不仅恶心还小肚鸡肠
一堆世俗的
低等动物

妈妈
看可怜的毛毛虫没有家
浑身都被淋透了
小屁孩儿指着我看向他的母亲

走了
棒棒糖都堵不住你的嘴
小屁孩儿一步三回头
挣开他母亲的手向我跑来

在我身旁放下
那颗闪着七彩色泽的糖果
我想
我也没有多可怜

天渐渐黑了
一寸一寸
艰难地挪动身躯
是的
我没有家

呀
雨停了
抬眸
是一把盛开的枫叶黄油纸伞

你我皆生灵
也应有阳光和轻风

看着眼前熟悉
温柔的眉目出了神
原来是一位诗人
突如其来的辛酸最为致命

这个诗人
是上辈子的我啊

而我用毛毛虫的肉身
一寸一寸蠕动
历经三万里风雨坎坷

只为换来世再做一位
远走他乡的诗人

你的名字

是否只看到你的头衔和荣誉
是否只听见夸赞你的报道
是否曾静下心来去了解你
发掘你

你是凌晨五点弯腰的雕塑
在微弱的灯光下
缓慢移动
清理这个城市的垃圾
寂静的天空布满繁星
几声落寞的鸣笛陪你到天明

你是深夜的奋笔疾书
那屏幕泛出的微光
将你的脸映亮
紧蹙的眉头与一团团不满意的草稿
被丢在垃圾桶里
一杯接一杯浓茶的灌溉
与你的精气神同在

你是闹市里的满身机油味道
在形形色色的车辆下面
满脸油污地躺着
细小的零件成了重影飘来飘去
你只记得车辆奔跑的速度与你有关

我知道你的苦涩
看见了你刚冒出的白色胡茬
我同你站在一起

不
我紧紧跟随你
希望你摈弃繁杂的声音
世界会记住你的名字
劳动者

你听
劳动者的名字
如此铿锵
如此有力

如果我的名字是桅杆

如果我的名字是桅杆
那我一定是炊烟袅袅
春花冬雪的村庄
尽管一条公路外
万家灯火
人声鼎沸

我还在守着矮墙下的青苔
数着雏菊的花瓣
打发时间

我似乎在等待
等谁
却无法记起

秋天的梧桐树又开始咳嗽了
呼啸而过的风
在这里迷失方向久久盘旋

那条躺在院子里的狗
渴望一个窝
缩成一团
眯着眼睛无法入睡

一扇几块木板钉成的旧门
留下几个透风的破洞
回乡的人不敢推开它
那吱呀的声响
是无法回去的世界

如果我的名字是桅杆
陪着我变老的云朵和天空
是不是也开始寂寞
离开我的孩子
是否也曾想过回来看看我

尘埃如同过去
在门缝中飞舞
腊肉炒折耳根的味道
在柴火里噼里啪啦
放牛的孩子们该吆喝着回来了

烟波之下

十一月
下雨了
勾画
并不存在的夕晖

芷草
铃兰
来年会在偌大森林里盛开
打湿羽毛的鸟儿明日也会晒干翅膀

只是
栾花在今夜开始凋落
只是
还在描摹与他有关的温度

他的鼻息、睡颜、呓语
总是起伏的
嶙峋又苍茫
因此
常驻烟波之下

知道吗

爱是暮秋

碎了一地的松针

绳 索

汗水从额头掉下来
滴落进我的眼睛
流入了我的嘴唇
更多的淌进了我白色的衣衫

但是
不能放开手上的绳索去擦拭
因为放下绳索
船只会倒退

前方游客微笑着拍照
她们在拍一个如黄牛拉犁般的我
我却不能低头
更不能转身

母亲呀
我好想你
想如儿时那样依偎在你身旁
想念放学回家时
在屋顶随风摇曳的袅袅炊烟
在我身边嘎嘎叫的鸭群
围墙角落盛开的牵牛花
甚至阳光下，门缝间飞舞的尘埃

汗水还在流
手臂和脖子的血管就快要破裂
我把眼睛睁得很大很大
把头抬得很高很高

客人说想看前面那片芦苇
于是
咬紧牙关用力拉着绳索向前

母亲呀
我好想你
你做的煎饼和窝窝头是世界上最美味的食物
你为我缝的布鞋就穿在我的双脚

如果你还在
你会心疼我吗

我好像看见你了
母亲
你就在芦苇丛旁
慈祥地向我招手
我好想放下绳索向你跑去
然后紧紧拥抱你

可是母亲
对不起
我不能放下这根撕扯我肉身的绳索
从眼睛流出来的不是汗水
是我的眼泪

十七岁

午后的黄昏
带着浓浓的橘子味道
厚重的思念将脑中仅有的空间侵袭
如同注满水的气球
无法再多一些

眼前山峰的轮廓不是你的脸
矮下身子用树叶舀起的清泉不是你煮的茶
从我手心穿过的风没有你的味道
就连街角一晃而过的身影也与你不相似
我无法捕捉你

秋天
银杏叶子厚厚堆积的栈道
踩下的每一脚都不是你走过痕迹的声音
每一片脉络干净的花瓣清晰地透过阳光
未曾捡起最特别的一片
夹在你触摸过的诗集
我无法忘记

也许十七岁
涨红的耳垂和不经意的胆怯
就如同咳嗽
我无法掩饰

隆冬
捧着奶茶
在雪地里轻轻哈气
彩色泡泡在清晨的冰雪里张开翅膀
变成有着六个棱角的晶体
就好像转过身的你
才挥手

雪花
便在眉梢簌簌掉了下来

几时做何事已然不是她们自己的事
满心无奈和强颜欢笑
况且
一双手还要抓住所有

用二十岁的脸庞老去

薄暮六点
疲倦的车灯慵懒得睁不开眼
玻璃上乱七八糟的眼泪交叉着痕迹
雨伞挂着一堆堆匆忙的躯体飘浮在街头
乌云就在眼前一层层淹没
高高瘦瘦的路灯互相调侃，打着哈欠

我却在猜想是谁不分昼夜种下一颗又一颗冰冷的房子
又是谁扒走了心里温暖的棉被
想着想着
甚至没有勇气认认真真地呼吸
不知道
我是不是在用二十岁的脸庞老去

四月遐想

岩滩的天空
有两条飞机滑翔的轨迹

一半融入云朵
一半包裹在灰蓝缝隙里

鸣笛声起
几只野猫钻进灌木丛
赤水河隐去暗流
缆车在滑索上
从一个星球到另外一个星球

闲暇的时候
大概也在思考
山顶的建筑是否落满尘埃

午后
除了公交站台下的人们
整个城市昏昏欲睡
忘记四月早已草长莺飞

一株山茶

隆冬的雨从屋檐掉落下来
印着天空的颜色
晾在竹竿上的萝卜披着雪粒
女人取下它
在灶房炖一锅腊味

后山苦楝子树枝丫丛丛
有人扛着几株野山茶
走出来

那人喝了汤
留一株种在她的小院
喂完老牛
蹲下细细培土

小院有修剪整齐的红籽
高大的木槿
唯独这株山茶
来自敞亮且一无所知的深山

冬季
一个人的眼睛难免藏着山川和溪流

突然的雨

烦躁已漫过车窗
满满当当
沉默不语

生活没有了我欢喜的样子
机械地望着远方平行的白线
近处却下起了鲜红的雨

出乎意料
倏然而至的雨
疯狂摇起的雨刷
妄图将一切冲洗

模糊的水渍
勾勒了你的轮廓

可笑吧
那不是你
你已经忘了你是谁

你应该是朝气活泼的孩子
是游走在山间的采药姑娘
是小院子的花农
是一片海洋的主人

抑或是土里一条不起眼的蚯蚓
可悲吧
却独独不是你

完整的圆

从课本上的杜甫
白色帆布鞋
和隔壁班投三分球的男生

到孩子的咳嗽
辅食
睡姿
以及那辆没来得及赶上的公交车

久违的大雨在湖面画了圈
一点一点
无限接近一个完整的圆

直到雨停的时候
我们还在聊着

晚 风

坐在刚刚割完稻子的田埂上
调皮的青蛙和寂寞的蟋蟀在合唱
背后燃烧着的稻草在嗞啦嗞啦作响

夜晚九点整的风轻轻抚摸着我的脸庞
悄悄带给我田野里留下的青草花香
裙角在脚踝处肆意飞扬

原来
头上一直有皎洁的月光
我想
今晚的星星会更加明亮

如果
刚好有你
在我身旁
从未那么怀念
你在我的身旁

田埂上的老人

夏天到来之前
开始眷注

那些背着双手
或扛着锄头
在田埂上走走停停的老人

风吹过他们的白发
撩起腰际衣衫

他们的眼眸里
全是
嫩绿的禾苗和嚼草的老牛
那是补给孙子的饭票

野 火

曾在一起熊熊燃烧
又各自在星空释放光芒

最后了无声息
坠落在没有尽头的海洋

未　来

清晨透过树枝的阳光
晕染着你们的味道
冬季漫天飘舞的白色羽毛
竹林旁哗啦哗啦流淌的泉流

哦
哪家小孩在对着喜鹊喃喃自语、叽叽喳喳

如果地上的孩子们用力奔跑
挂在天空的星星就会放纵闪烁
手心里握着的条条曲线
或许是通往未来的路灯

初春浅浅绿绿的嫩芽
就让它们沉浸在童真的海洋里吧
自由旋转的陀螺夹杂着香甜的五彩缤纷
触摸温柔的笑脸
是大海里四处寻觅宝物的鲸鱼悄悄带来的彩笔

蹦蹦跳跳的红领巾
许你在未来里乘着风的翅膀
穿越四季

母　亲

周末
回到家
母亲在厨房炒腊肉
小侄女在她身后
抓着母亲的裤脚
我站在门外，没有声张
那个守在她身后的人
原本应该是我

吃饭
母亲喋喋不休
她说
怪她
把洋芋炒煳了
白菜豆腐汤太咸
还有这盘腊肉萝卜丝太干了

嘘
母亲
不要说话
我最大的幸运
是母亲解开衣衫喂养了我

细叶婆婆纳

婆婆纳应该是春天最美的姑娘
她擅长于装扮大地
鼓舞荒芜的我们

她的花蕊太小
她的花瓣
以及颜色
又如此单调

可是她伸展枝条的样子
让我不愿蹉跎余生

月

石子路亲吻
云后雪花

稻垛
月光
村子

焰火反复流动着
反复融化着

一卷黄柏皮

甚至都不确定那究竟是不是黄柏皮
蜷缩在仓库里
很久了

我固执地称它为刺黄檗
祖先们曾在梦里提过这个词
它的裂缝一茬茬
伤口在时间长河里合拢
裂开
然后合拢

它长在山崖
小溪尽头
某家农户的屋后
被雨水洗刷
阳光里抖擞身子

扳下拇指大小的黄柏皮
沸水里煎煮
荡漾

枯萎的山野草木
在杯口升腾热气的时候
得到重生

樱桃树的温度

坟前种一棵樱桃树
在桅杆
用一个季节陪伴你
山雀落在树梢
允许它啄食烧红的树冠
而悬挂在树上的果实
是留给你的

孩子们走远了
会提到松散的茎叶吗
可否请蚂蚁搬走石阶上的灰尘

花朵盛开的时候
也不要来看我
你知道的
这是这棵树唯一的温度

长长的甘蔗

冬月
泥土与白菜叶子开始裹霜
嘴巴渴望一点甜
用单薄的袄子抵抗侵入骨髓的风

外婆抱着几根长长的甘蔗
从四川走到贵州
从古蔺走到仁怀

那么远
一直喊着我的名字
她的声音绕过野猪池
爬上四轮山
化成弯刀把甘蔗削了皮递给我

那些声音
被冬日的山峰和雪花记住
使我确信
长在地里的每一根甘蔗
都有一个喜笑颜开的外婆

这片月色

模仿虫鸣
翻越月色
海滩和野草
在一月
凑近你的睫毛

这片月色
一定不属于北方
如果你伸手
那么
这片雪花
已经滑落在唇角

只是在想一个人

风是一张没有形状的网
无声地扑腾，掠过四季
捕捉来来往往的叹息
或者难以言喻的欢喜

鞭炮声在傍晚的空气里
开始微微弥漫悦耳
城市的夜空布满烟火气息
整个夜色都在沸腾
思绪也随着错乱的音乐飘向远方

人来人往的时候
汽车也跟着狂吼
开始怀念
奶奶那双干枯却温暖至极的手
还有那双手烧出的一锅乱炖
煳了的味道

映山红

他们都叫你杜鹃
仿佛映山红只是你的乳名
也好
这样显得我们更熟悉一些

还记得那头额角长了白毛的黄牛吗
它被卖到一个叫后山的地方
我坐在你的影子后面
你的身前是五月骄阳
你不是吝啬的

至少
靠着你或酸或涩的花朵
我的嘴巴没有孤独过
我们一起穿越在山峰与山峰之间
在溪谷俯下身子捧水喝

从日出到日落
我们规划着远行
我想
我们会以另外一个身份相遇

致洛妍

一岁零九个月
已独立行走在这世间
悄悄撬开锁住自由的门
用几节莲藕支撑的白面馒头
妄图携带一把宝剑
去闯荡这个八面玲珑的世界
可忘了屁股上是想扯也扯不掉的尿不湿

无妨
你的宇宙无非八千平方米
而地球刚好就是一栋布满青苔的矮楼
是该表扬你的

一个人在书堆里欢喜
满地是苟延残喘
四处纷飞的白雪
算了吧
该阅读的是你

不声不响
满脸从容
四处张望的眼眸出卖了你
肉嘟嘟的小爪子
捡起白色碎片放进垃圾桶里

无法掩饰内心的惊喜
给你一支紫红色蓝莓冰激凌
掌心向上
抓住夏日清冽的风
轻轻放在我的耳旁

于是
便嗅到整个夏季的清凉

种　子

一颗撒向大地扭曲瘦弱的种子
只有一半生命
是否存活
没人关心

不知多少个深夜
在灰黑坚硬的土块里无声呐喊
笨拙缓慢地吸收雨露积攒力量
终于在黎明前
向深处扎了根
顶着水嫩的芽头破土而出

雨在风中斑驳缠绵
阳光在眸里反复热烈
身体干涸失神
筋骨却不愿匍匐
抹去汹涌的泪水
与四周绿色的海一同成长
并无不同

用了一生三分之二的时光舒展腰身
那些路过庄稼地的人
无情扯掉碧绿的叶子戴在头顶
如同剪掉肉体里长出的指甲
咔嚓一声
无关痛痒

镰刀在时光下游走
那一日顶着饱满颗粒的脑袋红得格外剔透
铲向身体的刀尖褪去光芒变得温柔
以绽开的姿势迎接它

后来在水里褪去皱纹
又在晨曦里热气腾腾地翻滚
鼓起的气泡又破了
化开玛瑙的清亮
铁锹俯仰之间运筹帷幄
一路奔泻
一路滴答

黑夜
四海的人举杯
咧开了嘴
吐出一口清香
惊叹了安静的空气

然后
种子归向大地

最温暖的胸膛

狂躁的闪电一层一层肆意撕裂暗淡的夜
愤怒的惊雷滚滚而来
暴雨似乎找到了突破口
倾盆而下，汇成波涛汹涌的洪水猛兽
所到之处房屋瞬间轰然倒塌
地里庄稼化为乌有
人们赤着双脚无助地哭喊
几根苟延残喘的电线杆子露出半截脑袋躺在水里奄奄一息

千钧一发之际
几十辆带着红色曙光的消防车披荆斩棘狂奔而来
血肉筑就的钢铁英雄们奋不顾身，勇往直前
命令铿锵响起
紧急救援开始
几个小时精疲力尽的奋战接近尾声
一声婴儿的啼哭将那个脸庞稚嫩的战士拉回了战场

从颤颤巍巍的老人手里接过哭泣的孩子
扯开衣襟将他轻轻搂进怀中
小不点儿在风雨中紧紧依偎着坚实的胸膛
感受着强有力的心跳
不哭不闹
安然入眠

是有多勇敢
这样的温暖才可以让婴儿突然入睡
是有多勇敢
才不顾一切将人民的利益放在首位
灾难狼狈退去

此刻
人民安全撤退
物资抢救及时
夜温柔
周遭无声

在哪儿

在哪儿
院外那棵树
挂满梨子
除了风刮着那一片苞谷林
还有低沉的声音传来

老人举着扫帚卷下房梁上的蜘蛛网
晚霞游了过来
又散开
打开瓦房的檐灯
老人轻轻地来到她身旁

看
灯光里滴出水来了
远远近近
圈圈涟漪

老人说
孩子，饿了吗
奶奶，我只是被萤火虫眯了眼
她踮脚扯了个梨子放进老人手里
放进了风里

月光碎了
将她的长裙灌得鼓鼓的
如今
她也忘记了自己在哪儿

心 跳

只听得见潮水拍打礁石的声音
你大声喊了我的名字
我不敢抬头

得赶在墨汁浸透笔尖之前
把那片山头的每一棵树
每一阵风
每一匹马
记住

宣纸上有蕨草纹路
蜻蜓打开翅膀
从稻田掠过
可我却只听得见潮水拍打礁石的声音
一浪又一浪

突然意识到
心跳起伏的全部
只因你喊出我的名字和说出再见的时间

离 去

雨乱了
在空旷的山谷
听敲锣打鼓

好多人念着什么
一句也不明白
檐灯将白色挽联点燃
一个人与这块土地没了联系
明日
这个人又会以另外的身份
与这块土地重建联系吗

唢呐响了
这片夜还是黑的
一个人的离去
只剩下几声悲凉

有几个人
想抱抱他们
告诉他们
我和今夜的锣鼓声一起沉默
告诉他们
我和今夜的雨一样没了方向

两棵树

黄昏
有晚霞在天际
柠檬黄、胭脂红
全部混在一起

我听见围墙边
两棵树在窃窃私语
温柔的风拂过
一棵树轻轻地靠在另一棵树的肩上

月亮忽然就出现了
她召唤来一整个夜空的观众
扑闪着眼睛
静静地欣赏

散文篇

飞得倦了便回头望望收割后的稻田

每一只鸟儿

都应该有一个属于自己的村庄

仰望

深山含笑

学会在斑斓世界里稳定情绪
然后接受所有事与愿违、背道而驰的一切

喜欢稍纵即逝的日落
将开未开的蔷薇
浮光跃金的湖面
和不辞青山，相随与共的浪漫

傍晚

错过了一场花开

张爱玲的书，我都会买，但认真看的就两本，分别是《红玫瑰与白玫瑰》和《半生缘》。

她的情境设置不复杂，却把人物心理揣摩得很透、很到位。第一次读《红玫瑰与白玫瑰》，不太懂，大概理解就是一个男人娶了媳妇还出轨，他定是个坏人，迟早要遭报应。

随着时间推移，逐渐成长，心境也开始有了变化。

人，不管是男人还是女人，经历了生活的种种，渴望得到的东西会越来越多。有了房子，想要车子；有了乖巧听话的老婆，就对野性叛逆的女人感兴趣。很简单，就像有了卫衣还想要外套一样。习惯了喝奶茶，就想尝试一下柠檬果汁。

终于，我们还是通过现实，明白了能救赎自己的只有自己。

张爱玲，一个旧时代语出惊人的女子。

描精致的黛眉，涂大红色的唇色，穿着华丽艳美的旗袍，在那个暗淡的年代显得如此与众不同。

高傲的孔雀吸引着万千男子为之疯狂，她却无一动心。

让我感叹的，正是她的爱情。原本才华横溢的女人对所有男人都是不屑一顾的，可恰恰碰到了对女人颇有些手段的胡兰成。

一段痴心的日子终究让骄傲的女子放下了成见，正如她后来所说："遇见你，我变得很低很低，一直低到尘埃里去，但我的心是欢喜的，并且在那里开出一朵花来。"长久的相处使她开始对这个有妻室的老男人有了感情。

或许那时，胡兰成也是真心爱张爱玲的，为了她抛弃妻妾，不管是生活细节还是共同语言，张爱玲都很满意。她说，他护了她的天真和烂漫。两人也过了段简单幸福的日子。

被俘获芳心的女子也曾幻想白头偕老，可令她无可奈何的是，她并不是胡兰成的唯一。他爱上了一个又一个女人，可这时的张爱玲已经对这个男人爱到不能自拔。她妥协了，只要他还爱着自己，只要自己还是他的爱人，其他均是情人。可是这个男人不愿意，他还是不爱她了。

不得不承认，有种人，爱你时是认真的，不爱你时也是认真的。

张爱玲意识到了这一点，大笔一挥，写了一封措辞平淡的分手信，并随同寄了三十万现金给胡兰成。她固执地用金钱来结束这段感情，只想表明她也不爱他了。

可是爱不爱只有她自己明白，刻在骨子里的爱从来不是简简单单、三言两语就可以抹去的。但我相信后来她在看着胡兰成和其他女子恩恩爱爱，明白自己是个局外人时，还是放下了这段有些荒唐的感情。就如同她给胡兰成的信中写的那样："我已经不喜欢你了，你是早已不喜欢我了的。"

我想或许张爱玲想借《红玫瑰与白玫瑰》告诉世人，人这一生，至少会爱上两个人。但是，不管和谁在一起，时间久了，另一个便是不可拥有的，如白月光般的存在，是一辈子的遗憾。

得不到的永远在骚动，得不到的才是最完美的、最好的。就好像习惯了喝奶茶却又觉得奶茶太甜太腻，还是柠檬水清淡、解渴。

海伦·凯勒说，面对光明，阴影就在我们身后。

不过，这段感情经历也让张爱玲看透了胡兰成的渣男本质，拾起勇气离开是她最后的倔强。有了缺憾才能衬托完美，有了遗憾才懂得自己到底想要什么。于是张爱玲潇洒地开始了另一段生活。

我相信，即便错过了一场花开，也总有一场雪为你而来。

茅台苍穹，恍然如画

入冬以后，茅台的景色仍然停留在晚秋之中，它似乎一点儿也不着急，照着自己的意思，继续慢条斯理。

拂晓时分，瑰丽的朝霞已揉开双眼。由文化城缓缓步行至办公大楼，硕大石块堆砌垒起的断壁上开了一条小道，栏杆连了一路。枫藤缠绕着石块凹凸处，一点一点爬满了整块断壁，有些竟淘气地从栏杆处伸出了脑袋，在流动的阳光下占据了茅台的所有石壁，然后新绿、浅绿、墨绿、淡黄金、黄枫红……

如放晴，轻轻张开手臂，似乎能感觉到空气中带有炙热的温度，这份热情也许是在拥抱还未醒来的梦吧。风到了这里，开始携带着独有的气息，特别湿润的酱香酒味儿，让每一个路过的灵魂都沾染了三分醉意。

落叶在树根处随着秋意落成厚厚一层。每一片随风而逝的落叶都镌刻着一首生命的诗，路过的人用炽热烘干，深深隐藏于心间。

朦胧烟雨中的茅台镇，极具江南气息。

泼洒浓重的墨，刷在青砖黛瓦之上，三三两两的行人撑着花花绿绿的伞穿过满城烟雨。伞外模糊一片，从伞骨架边沿滑落的雨滴，滴答一声落入脚踝边的积水中。水面一圈连着一圈，泛起涟漪，漫延迅速，怎么也停不下来。

于是一步一瞬，万千光景。

你所在的城市还有机会听到鸟鸣吗？

夜幕拉开，茅台镇似乎才真正开始注入炽热活力。霓虹闪烁，整个小镇被温暖的柿子红笼罩，仿佛紧握在手心的蔷薇，散发出阵阵迷人芬芳。

　　天幕上群星璀璨，河边的石壁在河面映出一圈圈波纹。点点灯火，聚集成赤红色的燃烧的火焰，点亮墨色天空，然后又将这欢腾全部倾倒于赤水河中。和着四周各种蟋蟀与青蛙的奏乐声，细数清风拂过的声音，仿佛进入了人间仙境，人间的一切烦恼忘得一干二净。

　　在1915广场拦截一场久违的感动。影影绰绰的光芒与喷溅的水花凝结成声势浩大的水舞秀，然后人潮涌动。

　　红军桥，四渡赤水纪念碑记录着刻骨铭心的时刻，那些久远的岁月再次出现在人们的脑海中，哪有来得那么容易的安宁啊！全都是那些不怕牺牲的勇士一次次地冲锋陷阵，抛头颅、洒热血换来的和平。

　　烟火升腾，周围人声鼎沸。

　　吉他声响起。《一眼万年》传来：

<blockquote>
回头看踏过的雪
慢慢融化成草原
而我就像你
没有一秒曾后悔
</blockquote>

　　闭上双眸倾听烟花绽放的声音，前前后后、跳跃放肆的欢呼声，那些热烈的、清晰的记忆又开始从古镇线条里浮现。

　　于是你在漫不经心的夜晚里，对这个陌生的小镇，心动了。这份心动，是优游岁月里的风逐叶来叶归尘，云逐月来偏却两分。

　　知晓冬天来临，不是第一片树叶落下，不是突然裹紧的衣襟，而是我钟爱的茅台三角梅，从热烈盛放到开始收敛，只剩下零星的几朵孤独地挂在枝头。偶有风来，浅浅摇头。

下雪了。

办公大楼东侧，有几座苏式建筑悄然而立，叹浮生匆匆。日暮天寒，些许寂寥。望远方庭院，即使道远雪阻，它定会长出一枝素心蜡梅，便觉内心安定许多。

许多地方下起了初雪。飘飘洒洒的雪花，犹如故人回归，带来久违的欢愉，渴望干净纯洁的心仿佛也与雪花一同降落，然后一层一层融化。此刻，方知冬天已来临。

对于茅台的冬日，我有着错综复杂的情意。它如同一个跑完马拉松的运动员，大口大口喘着粗气，缓慢又带着几分眩晕。但我知道，它是有生气的，它虽简单却让人耳目一新。那些小动物连同树木的枝叶躲了起来，冬日里再也寻不到它们的踪迹。

而雪花落下的声音给万物添了一把柴火，制造出一些浪漫、平静、期待，抑或是思念。在想念与期盼中，冬日便没那么难耐了，人亦会感到一种莫名的幸福。

想起那句，"鹅毛大雪天，夜深人静时。红泥小炉、一壶好茶、半坛清酒，情酣时，意浓处"。

来到老菜市一个简单的干货铺子前，买了一个烤红薯，半斤现炒栗子，双手紧紧地握着。如此，即使天寒地冻，我们依然拥有温热可爱的日子。

茅台镇的初雪快要来了吧？想象着街道上与厂区白雪皑皑，几人穿着厚厚的羽绒服，系着咖色毛茸茸的围巾，手牵着手一步一个脚印从西苑行走到新厂大门。嘿，你的鼻子有没有闻到雪花和酒香混合在一起的味道？你听，积雪会不会发出窸窸窣窣的声音来？

茅台镇，春披满衫绿意，夏望十里嫣红，秋漫三缕橘香，冬叙一江眷念，四季清风常在。把昨日的所有都作废吧，然后挥手便是诗，行人三言两语成词，世间万物又何以比拟，谈笑间似是繁花绽放，仍记琴声悠扬，欢喜缓缓飘落心底。

年年月月，站台旁等候公交车的人越来越多，厂区植被依旧苍翠浓密，赤水河又开始绿得通透，空气中永远带着酱香酒味儿，就知道千帆皆过，此处亘古不变。

黄昏刺破云霞，酒香四溢，墨绿山巅如影随形，茅台苍穹恍然如画。

玫瑰在不远处盛开

玫瑰，曾在你眼前停留多久？以怎样的方式？

它的纹路、气味、颜色，甚至是倒挂在梗上的尖刺……

每一枝玫瑰的花瓣脉络延伸得圆润，也带着曲曲折折，没有树叶经脉那么大胆和清晰。而它最为迷人的是，时时刻刻都在释放浅淡舒适的芬芳，从初次绽放到干枯凋萎。

春去秋来，岁月不息，玫瑰这个名词不知道何时被人赋予超过芳香本身，胜过花朵本身的诸多意义。

它代表精神，颜色不一样，象征的含义不一样；它代表爱情，朵数不一样，表达的意义也不一样。

它的美，在发间，甚至在空中以完美的弧度掉落。

如果要说喜欢一个月中的哪一天，我肯定会说，是怀里抱着神采奕奕的花朵的那天。如果再奢侈一些，我希望那些花是不同颜色的玫瑰。

《小王子》里有这样一句话："倘若一个人对一朵花情有独钟，而那花在浩瀚的星河中，是独一无二的，那么，他只要仰望繁星点点，就心满意足了。"

玫瑰即使浑身长满了刺，仍然深受众人喜爱，因为它有独特的香味和即使枯萎也美得与众不同的模样。

玫瑰花期过了，在太阳下倒挂着等风来。两周里的分分秒秒，花瓣终于脱水，也固定了姿态，是可以长久存活的纤细和坚固，放在凹凸磨砂的长颈玻璃瓶里。

春夏秋冬，寒来暑往，花开花谢，云卷云舒，世间宛如被一种神奇的力量牵引着，主宰着变幻万千的自然气象。

大千宇宙，万物并作，诞生是自然情怀，倒放着人间的故事。

终有一日，在浮躁中来来往往的生命开始敛尽世间的繁华，重归大地的怀抱，在绿色植物中的热闹是生命在放纵性情后，所做的沉淀和收藏。

你也许知道，世间万物在来来往往的季节里都抖落了属于自己的某一部分，也许是一片叶子、一滴水，抑或是一根睫毛。秋日的金黄与斑斓是对春日播种的馈赠，冬日的暗香疏影是对夏日热烈的弥补。

时光留下的碎片，划过万物模糊的轮廓、裂痕和斑驳，跳跃的印记开始重合。如同春夏秋冬慢条斯理地来了又去，一首交响曲，带着灰尘在所有空间里舞蹈。

如果要选，我钟爱冬日的太阳，它很温暖，也不因为我裹紧驼色大衣而刻意少了丝温度，可是我们始终无法相拥。

就如，枝叶花瓣凋谢时，发现玫瑰原本青嫩的刺开始愈发坚硬，散发针尖光芒，轻轻触碰就是伤痕累累。

可是你耐心一些，就会发现，即使是世间最美的花，也远不及干枯的玫瑰。因为，凌乱的花梗，永不凋谢的姿态，无须供养便可以存活世间。

冬日物语

你吃过快要熟却还有些硬的柿子吗？很大个的那种。

我吃了，刚刚。

皮剥不掉，用刀削也没有那么容易，于是我去厨房拿了勺子。把柿子蒂去了，直接用勺子挖来吃。是的，就像挖猕猴桃还有西瓜的那种感觉一样。

刚刚吃完，就想起大学时期的夏天来。

嗯，很想回去，很想很想。

大二的夏天，最喜欢去宿舍对面的小卖部买雪糕，每天要吃两个雪糕，一个小布丁，一个巧乐兹。

室友总说我是个不折不扣的吃货，吐槽我吃再多也长不胖，然后我就故意舔着雪糕，拍着腿，张牙舞爪地炫耀。是的，就是那么讨厌。

有一天刷视频，发现我们学校居然有卖小西瓜的，那种三块钱一个，削掉顶上的皮，一勺子一口的那种，可馋死我了。周末起来洗把脸就拉着室友去买。

把那瓜捧在手心，一只手把勺子使劲往西瓜中心插进去，狠狠插进去，用力挖起一大块红色的果肉送进嘴里。夏天的风拂过脸颊，奶茶店里慢摇音乐响起，那感觉不要太爽。

西瓜的汁儿特别多，夏天穿的几乎都是浅色的T恤，吃一口就会溅几滴在身上，不过，那时候完全不在乎。

好像是培训C语言的时候认识的一个男生，负责给培训老师收投影仪。平时会讨论题目、分享旅游什么的，也算是学校里少有的男生朋友了。

一次，他坐动车去北京，一路拍照给我。当我躺在宿舍的床上，努力思考怎样不让线性代数挂科的时候，他却逍遥地旅游，内心百感交集。

"这里好平，比贵州平多了。对了，英子，你看了我发的照片了没？阳光好美。"

我一边抓着头发处于崩溃状态，一边打开他发给我的照片。

一张从动车里向外面拍的照片，阳光细细碎碎地洒在车窗上，外面一块平地上，长着一片接着一片的类似青草的植物，远处有几根电线杆子，架着笔直的几条电线，几只小鸟停在上面。

"有点《七里香》的味道啊，羡慕……"

接下来就是无数照片和视频。

真怀念那段时光，开心地喝奶茶，崩溃地赶作业……

还有一食堂二楼的绿豆粉，生活服务中心的寿司，炸香蕉……特别是秋冬冒着热气的红薯，浓郁的香味把整栋小楼填满。

冷的时候会穿一件浅咖色大衣，散开头发，戴着米白色毛线帽，和几个二货室友骑着自行车在校园里闲逛。有阳光的时候可以随意躺在草坪上，眯着眼睛感受风的声音和泥土的芳香。除了考试和数学，那便是我最爱的秋冬的样子了。

向日葵

靠在手术室门口，周围的人都在窃窃私语，为何之前进去的那位大哥迟迟没有出来？坐我旁边戴鸭舌帽的姑娘转过头，友善地看着我，温柔地问道："你也是来做穿刺的吗？"

我点了点头，面无表情。

"一看你就没啥问题，不要紧张。"

"躺好，一会儿会先打一针麻药，然后给你做穿刺。不要吞咽，不要说话。"医生把我的脑袋放在那个不知多少人躺过的枕头上，天花板上刺眼的灯光刚好落在我的双眸里。我不知道，自己何时变成了这般模样。医生一针扎进我脖颈的时候，手心与额角的汗在十几摄氏度的室温下疯狂冒出。眼里的光似乎在旋转，就像我过生日的时候，奶奶在蛋糕上为我点的那根火苗跳跃着的蜡烛。

那时候父母终日想着如何赚钱养家，没有多余的精力照顾我。而我时常因为得不到同其他小朋友一样的爱而独自委屈，这时奶奶就会扛着锄头带我去院子里种花种菜。记得我种的第一种花是向日葵，奶奶说向日葵从来不会让人失望，只要看它一眼，心情便会美丽一天。

每日清晨醒来的第一件事就是去看看那块属于自己的土地。发芽了，长出叶子了，露珠在花瓣上滚动，它们的一点点变化我都会用本子仔仔细细地记下来，然后和奶奶分享。奶奶总是静静地笑着听我说完，然后轻轻地抚摸我的头发。

"我的宝贝儿是最棒的！"这句简单的话让我的心被温暖填得满满当当。

我长大了，奶奶也离开了。我开始明白她的生活是多么的不容易。爷爷早在爸爸读小学时就去世了，她独自一人艰难地把几个孩子拉扯大，在那漫长的岁月里，她承受着巨大的压力，就这样一个人孤独地盛开。她把每一次的难过都用种子代替，深埋于泥土之下，我不曾想过那么温暖阳光的笑容居然经历了千般困苦，万般沧桑。

不知道为什么，社会发展了，我们大多数人却过得很颓废，表面上波澜不惊，有说有笑，其实内心却无比酸楚。也不知道什么时候开始我们学会了沉默，似乎说与不说都无关紧要，我们把所有的情绪都锁在手机里，遇到问题总是逃避、沮丧。忽然很怀念和奶奶一起种花除草的日子，有期待，有陪伴，有问候，每一个拥抱都有温度，都那么真实。

走出手术室的时候我同戴着鸭舌帽的姑娘告辞。

"女孩子不管遇到什么事，都不要生气，这一生很短暂的。"她说。

我朝她做了个鬼脸。

"给你看一个秘密。"她把帽子摘了，我清晰地看见那个原本应该长满秀发的脑袋上却只有一小撮稀稀疏疏的头发，周围的人都在看她，可是她居然笑得那么灿烂。我慌忙从她手里把帽子接过来给她戴好，接着用有点儿颤抖的语气对这个陌生的姑娘说了一句再见，然后抱了抱她，离开了医院。

其实我们也可以做一个像向日葵一样的人，坚定地生长，开花也好，长出果实也好，就这样简简单单，昂着头，阳光地活着。

外面的天空好蓝啊，如果向日葵刚好出现在这样干净的阳光里，我想，生活一定是有所期待的。

历尽千帆，归来仍是少年

一直在想一个问题，人活着到底是为了什么？

每天不停地奔波，努力赚钱，想方设法地让自己变得更加优秀，让别人瞧得起，让父母过得轻松一些。

努力了，身体也累垮了，换来的却是更多的不理解和不支持。你拖着疲惫的身体只想好好休息一下，却没一个人认为你累了，而是催促你起来继续干活。你躺在医院里感觉快要离开这个世界了，也没有多少真心的关怀，就连你认为最重要的人都在责备你为什么要让自己生病，而不是从此以后共同努力让你好过一些。

生活留下的不是看开，悟透，而是更多的疲惫与孤寂。

一日出差，离开酒店前，在大厅里坐下来歇一下，喝杯茶。

看着茶艺师从容地倒出茶叶、冲洗杯体、温杯、醒茶、泡茶，不因为身前坐了人而慌乱。嫩绿的茶叶在玻璃杯里舒展开来，浮浮沉沉，最终以最舒适的状态躺在杯底。

当她把白瓷杯轻轻放到我面前时，我似乎看到了生活的影子。

为了达到自己的目的，我们选择过得匆匆忙忙、慌慌张张。无形的压力压得我们喘不过气，最后伤害的是自己的身体，也连累了最爱我们的人。

其实，生活应该像泡茶的步骤那样，不紧不慢，一步一步，最后茶香四溢、沁润肺腑。

我们就是在这样一个一个难熬的日子里，在某一天，一点一点想通的。

爱自己多一些，才能给别人更多的爱；照顾好自己，才能照顾好更多人。先点亮自己，然后去温暖重要的人。尽管历尽千帆，还是要以一颗赤子之心，豁达乐观，从容淡定地去生活。

　　世界没有改变，我们还是我们。热爱生活，一杯茶，一本喜爱的书，几首欢快的曲子，种些花花草草，空气还在流动，阳光洒满头顶，这便是岁月静好。

土城印象

到达土城已是傍晚，除了每次前往重庆时途经这里，这算是真正意义上第一次邂逅土城。

知晓土城这个地方是在幼年，因这里有家族宗祠。每每父亲参加完家族活动回去，总会听闻一些关于土城的消息。但在我想象中，土城的"土"字先入为主，脑海里首先浮现的是一栋栋土房。土房楼顶被青色的瓦片或丛丛茅草铺开，土房周围是被人踩得光滑平整的泥土小道，游人在房子旁拍照留念，每家每户都开着货物满架的店铺，热闹非凡。

而刚到达土城时，我就被它夜里模糊的脸庞深深吸引了。一条安静的河流将小镇一分为二，灯带勾勒出青砖黛瓦的房屋轮廓，一排排整齐的建筑在闪烁着光亮的河岸上盛开，灯光将整个小城笼罩得犹如宫崎骏先生笔下的油屋，神秘而温馨。

下车，微风夹杂蒙蒙细雨迎面而来。清冷中带着几丝昏黄暗淡的灯光，在这样朦胧的夜里，倒也生出几分跋山涉水后终于回到家的温暖感觉。

清晨，站在学院天桥的走廊上眺望远处呈鹰背形状的山头，霏霏细雨悄然而至。听说，土城几乎不下雨。而我们似乎注定要见证它不一样的美丽。

换上一身灰蓝色红军服，坐上小镇独有的公交车，向著名战斗遗址青杠坡出发，探出手去，欢声笑语洒在这条微风徐徐的路上，就像春天刚冒出头的小草，水水嫩嫩。

到达青杠坡栈道，换为步行，道路两旁郁郁葱葱。农家种的红薯藤爬到田埂边，土坎上，星星点点的野花俏皮地跟着狗尾巴草随着微风摇曳。秋风起，桂花香夹杂着湿气，肆无忌惮地在空气中蔓延，在鼻间萦绕。轻轻呼吸一口再旋转几圈，连衣角都有了清香。不知是真的被染上了香味还是因为心情敞亮，所以才有了芬芳。

爬上楼梯，青杠坡红军烈士纪念碑笔直地矗立在眼前，顶端隐约藏在雾气之中，散发着说不出的神圣气息。一段段令人激情澎湃的历史从讲解员的小喇叭里轻轻传出，那段峥嵘的岁月又一次鲜活地浮现在脑海，伴随着十余次反复争夺，奋勇厮杀，终于拿下青杠坡上的制高点。可这一次又一次的厮杀，却牺牲了几千名战士。这些忠魂铁骨，绝大多数人都没有留下名字！有烈士家属通过电视节目找到无名墓碑，可只能触摸着至亲曾经踏过的土地，感受空气中亲人留下的温暖气息，独自缅怀。眼泪无声无息地滑落在这片红色的土地上，与淅淅沥沥的雨滴一起守护这片雾气缠绵的烈士墓。

黑夜，同友人前往古街寻觅一丝安宁。

问了数人，环环绕绕，从这条幽深的小巷穿到那家客栈的院坝，在斑驳的灯光下终于寻到了那条令人神往的街道。与幼年想象的样子有些区别，这种区别是带着薄薄的雾气的，是带有几丝秋天独有的颜色的。

没有狂风，没有惊雷，在雾霾蓝的天空下，老街于清冷中散发出几分清香。也许，连雨点都舍不得过于粗暴，怕凌乱了这独有的静谧，在盘根错节的黄桷树旁飘洒得格外温柔。那年燥热的夏天已经过去，不知不觉，心里生出空落落的思绪。

长长的巷道，长且蜿蜒，偶有起伏。大块大块的石板整齐铺开，或许是因为走的人太多，路已被踩得有光泽。两边是古朴的建筑，一排排红色的灯笼整齐地悬挂在一栋栋用青砖砌成的古楼上，散发着橘红色的光。四周被这温暖的色调晕染，原本因为几滴雨点带来的微寒也被轻轻拂去。

如果脚步慢下来，就会发现四渡赤水文化纪念馆、赤水河盐运文化陈列馆、朱德等领袖的旧居都坐落在这条寂静的街上。这些建筑有两层欧式建筑，也有更久远的木质房屋。青色的瓦片，镂空的窗户，复古的木门上钉着两个狮子头的铜辅首，两根硕大的木柱在石礅上顶着屋顶。仔细一看，石礅上刻着一道道精致的花纹，像祥云一般托着这一排排古老而厚重的文化。

用手轻轻抚摸带着裂痕的墙壁，就像抚摸恋人的眉目。闭上眼睛，石墙传来的温度带着历史的印记，热闹喧嚣的旧时街景似乎浮现眼前。街道两旁摆满了农家装满玉米、红苕的背篓，摆满颜色缤纷的瓜果蔬菜的菜篮子。路过的人拿起一个熟透的柿子，轻轻捧到鼻尖："这柿子好多钱一斤？"

橘红色的光笼罩着门前台阶，一条小狗躺在那里，把脑袋埋在颈项处，时不时抬一下眼睛，瞄几眼在身旁追打嬉戏的小孩儿，汪汪两声后又开始闭目养神。推着自行车、背着背包的游客，三五成群走过，笑声在小巷里荡漾开来，清冷的街景瞬间增添了几分生气。

走到古街尽头，诱人的烟火气息闯入鼻尖。几棵高壮的黄桷树旁是一座小桥，走过桥头有几家热气腾腾的店铺。小桥脚下溪水缓缓淌过，几只野猫在岸上商量着什么，咻的一下跃到对岸去了。

想着从各种琐碎中抽身，来一次土城有些不易，还是得尝尝这古街的味道才不算白来，便寻一家小店坐下。

苕汤圆拌着土城特有的辣椒蘸水，张嘴咬一口，鲜美的汁水流入口中，那浸了汁水的软糯团子，入口爽滑，口齿生香，咀嚼时还有折耳根的清脆，吃了一个又一个，根本停不下来。苕汤圆要好吃，主要还是汤圆本身要新鲜，蘸水也需要现做，还必须得配上我们贵州独有的折耳根，细盐、酱油、赤水的晒醋，再撒一些葱花。只要轻嗅一下，香喷喷的气味马上就会触动你的味蕾，进入你的五脏六腑。

我想，如能在这样古色古香且充满生活气息的小镇，打开一瓶来自茅台镇的酒，三五友人，推杯换盏，远离喧嚣，那满城醉人的高粱红必定向你敞开，温柔的月光与徐徐的清风也不会迟到。

她们

幺妈在屋外清洗着刚刚挖出来的野生折耳根，拿起细嫩的几根嗅嗅，这味道不是街上买的清淡味道，是大山里正正宗宗的浓烈味道。

贵州的折耳根是真的很香，作为一个土生土长的贵州人，我对折耳根毫无抵抗力。

炸土豆，放一些生抽、陈醋、辣椒面，加上折耳根，一小段的葱花，在盆子里翻滚几下，不管有多少都会被我一扫而光。

当然，折耳根的做法还有很多，直接拌着酸菜秆子吃，和着腊肉炒熟，煮火锅……

这一次我们要用什么新方法吃掉这些鲜嫩的折耳根呢？正思考着，妹妹却在旁边打趣地问我："姐，穿这么少你不冷吗？"

瞅了一眼身上已经叠穿了的三件衣服，外套是皮夹克，我笑了好久。

回忆起大学的生活来。

大一是在花溪读的，那个时候的花溪大学城还有些荒芜，许多建筑还在修建当中，我们学校也才正式入住第二学年。学校就在工地上，绿化少得可怜，一下雨到处是厚厚的稀泥，一不小心就会随着溜滑的黄泥摔在去上课的路上。

我对花溪的天气和环境一概不知，军训完就快十月了，天气逐渐变冷。那种冷是深入骨髓的湿冷，从行李箱里面翻出来的也全是薄外套。

几个女汉子，平时天不怕地不怕，那个冬天却被冻得瑟瑟发抖。室友告诉我，坐公交车转到市西路就可以买到羽绒服，所以周末就约着去了她们口中的市西路。

秋雨绵绵，市西路冷冷清清。卖服装的店铺大大小小，布满街头。

逛了一会儿，我被一家女士服装店里的一件军绿色棉服吸引了，毫不犹豫地买了下来。

用室友的话说，那就是一件军大衣，你一个年纪轻轻的女生，为啥要穿得皱皱巴巴的，像个小老头，是要将搞笑进行到底吗？

我不理会她们的调侃，那件衣服特别厚实，一层厚厚的毛十分暖和，还有四个大口袋，抽绳一拉就有腰身了。

"吃货，你只要披上那件'军大衣'，全世界都晓得贵阳的冬天来了。"

艺背靠着她的木椅子，对着小镜子涂鲜艳的唇色，说不出来的潇洒。

蓉和桃也附和起来，魔性的笑声穿透整栋宿舍楼。

我不以为意，只是抿嘴笑笑。

拍拍棉服面上的毛絮，将军绿色大衣套在身上，抽绳一拉，冬日装备就算搞定了。

"出发了，仙女们！"

朝蓉和桃对视了一下，趁艺那个"睡货"还在补妆和整理衣服，我们开了门往外冲去。

"等等我，你们这群魔鬼！"

这一次，夸张的笑声离开了宿舍。

贵阳的冬天真的冷得过分，学校前方是空旷的马路牙子，一有风就往几栋宿舍楼猛灌。几个女孩子在路上打打闹闹，鼻尖冻得通红，忙着把脑袋缩进帽子里。

我正在前面走，艺跑过来直接把手伸进了我的军大衣口袋。

"好暖和哦！"

"你以为呢？俺的冬天就靠它了！"我抬头骄傲地看向她们仨。

"是咯，军大衣，一件穿四年，年年都是它。"桃和蓉也顺势把手放进我的帽子里。

发高烧，忽冷忽热，脑袋里嗡嗡的，似乎有一把电锯在里面锯东西，肚子疼到想吐。她们仨去校医院为我买回药，吃了就躺床上，躺了一天一夜。

第二天去勤学楼上课，她们走在前面，我跟在后面，嘴唇泛白，手脚无力，裹得像个粽子。一路上都是银杏树，脚下铺了一层金色的落叶。她们走走停停，蹲下来捡树上落的叶子，时不时回头望望我，见我还能挤出些笑容，又跑到下一棵银杏树底下认真地挑选着叶子。

一晃多年过去，我无时无刻不在怀念那条柏油路，那条路两旁错落有致的银杏树，还有回头傻乎乎地望向我的她们。

后来，曾经形影不离的她们，散落在我的记忆里。QQ空间是我了解她们动态的方式，偶尔想起她们来，也只是一一点开她们的头像。她们已为人母，脸庞不再稚嫩，可双眸依然如往日般温暖。

妹妹不知道我为什么一直在笑。

"能不能先给我讲完故事再笑？"

那件棉外套穿起来实在太合我意了，大学四年的每一个冬天我都穿它。但我想说的是，我居然一次也没有洗过它。它陪我度过了最艰难的四年，温暖了我四年，可是现在我却不知道把它扔哪儿了。

人总是会对失去的东西又执着又着迷。

在一个没有下雪的日子，我在阳台上吹了一刻钟的风后，终于从一堆破旧的T恤里翻出那件熟悉的棉服。

这是这么多年来第三次想起那件军绿色的棉服，它有我的味道，有几个冻得嘻嘻哈哈的女生在记忆里绕啊绕啊。

我把大学时候拍的我穿着那件棉服的照片给妹妹看。那个时候的我脸上洋溢着欢乐的笑容，和同学们在一起。我们坐在足球场的草坪上，似乎在讨论着什么。

留言板

趁着空闲，进了QQ空间。自从有了微博、微信、抖音等新兴软件后，QQ似乎被人淡忘了。谁还记得QQ陪我们度过了整个青春，谁还记得初中时候大晚上的不睡觉，然后踩空间、偷菜、跳炫舞……

我的QQ空间，除了上传平时的照片，再就是翻看一下之前的留言。十几年前的留言，现在翻来看看，真的很暖心也很有意思。幸好没有删掉，现在才可以很清晰地记起那些年的那些事，才可以一看到就闻到扑鼻而来的青春气息。

这些终将过去，而我想把这些记忆收好，等我哪天无助的时候可以看看，然后勉励自己。你看，当时以为天大的事情，过去后生活不是照旧吗？

翻开留言板，点开以前朋友们给我的留言。留言很简单，现在看着却想流泪，那些简单的幸福，现在却难以寻觅。

几个持续给我留言的小伙伴，现在除了三个闺密，其他都没有联系了。一个是从小玩到大的朋友L；一个因为闺密才认识的学弟F；还有其他几个，最终因为我和俊哥开始谈恋爱之后，怕他误会所以与他们断了联系。

L是一个清瘦的男生。小时候，我们两家挨在一起。我们俩是同一年出生的，他比我大一些。从小我们就是好伙伴儿，我和他姐姐小时候也玩得很好。小学时我曾经写过一篇作文，是关于L的姐姐的，老师因为那篇作文还表扬了我，让我印象深刻。现在长大了除了在朋友圈和抖音给L的姐姐点赞外，再无联系。

言归正传，我和L是那种男女之间的纯友谊，如果问我世界上有没有真正的男女之间的纯友谊，我的答案是没有。不过，在我和他这里，真的是纯友谊。很扯，但就是存在。

小时候我总是带着弟弟去找他们玩，天气很热，弟弟老是把衣服裤子扒掉，直接光着身子跟着我跑上跑下。那个时候的弟弟甚是可爱，说话像小猫儿一样，细声细语。每次我们四个总是在田里玩耍或者在家里捣蛋，大人们很忙，没空理我们。

L的姐姐大概比我大两岁，她总是像个大人似的照顾我们。L学习很好，和我同班，每次考试都可以拿奖状。我的学习也很好，只是后来爸爸妈妈外出务工，那一年我二年级，要照顾弟弟，再加上要做很多家务，每天想念父母，心不在焉，学习成绩一落千丈。

三年级时爸妈接我离开老家。离开老家之后和L的联系就更少了，直到后来读初、高中后，有了手机，我们的联系才多了起来。

他会去我的QQ空间里给我留言最近他做了什么。印象最深的是大一的时候，我过生日，他在白云区的师大，我在花溪区的财大。我和我的室友党艺以及一个高中同学一起去黔灵山过生日。他喊他的一个哥们儿一起从白云区去黔灵山和我们会合。

他们买了几袋瓜子、水果和饮料（后来被猴子抢了），我的高中同学给我买了蛋糕。那一天我们在黔灵山玩得很开心，我们几个一起吃水果、吃蛋糕，玩了一整个下午。

而他的生日，我却从没有陪过他一次，甚至我只记得他是九月的生日，具体多少号也记不得了。后来我结婚了，我们的联系更少了，上一次看见他，他的头发白了很多，还是那样瘦。现在听长辈说他考进了在外地的事业单位，心里默默祈祷他过得好。

而F，是我读高一时认识的，这还得"归功"于我闺密P小姐，当时她因为留级，还读初三。

周末晚上，他们还要上晚自习，P小姐让我去找她玩，当时应该是秋冬，因为我穿的是一件红色连帽呢子大衣。那个时候都分好班和差班，而P小姐所在的班级是差班。

当时他们在上晚自习，P小姐把我带到他们班挨着她坐，一进去他们班就沸腾了。他们班男生疯狂地问P小姐我是谁，请我吃零食。当然我是蒙的，拿着零食就坐在那里。

后来不知道怎么了，两帮人竟因为我打起来了，他们班的代课老师是一个年轻的小伙子，根本管不住他们。就这样，我跟P小姐说我到外面去等她，便跑了出去。

七中是我的母校，我很熟悉那里的一草一木，于是就坐在莲花池旁边扔小石子边回忆在那里读书的往事。

后来教导主任出现了，他以为我是初中生，问我为什么不上课在那里呆坐着，我跟着他去了教务处，和他聊了很久，至于聊些什么却记不清了。

第二天，P小姐给了我一张贺卡和一个苹果，说是平安夜到了，他们班一个男生给我的。P小姐说那个男生就是给我零食的那个。可我完全没有印象，那晚闹哄哄的，根本记不住谁是谁。

那个男生怕自己的字不好看，还请了写得好的同学帮他写。我自小不喜欢欠别人什么，就掏出身上唯一的两元钱买了一个梨叫P小姐还给他，并替我致谢。我没想到，P小姐对我说当她把我买的那个梨给他时，他特别开心，还到处炫耀。

P小姐把我的QQ给了他，说那个男生每天都缠着她，实在没办法，说对不起我，没经过我的同意就把我的QQ给了他。哈哈，现在想起来只觉得可爱，那个时候的朋友都是这样。就这样F成了我的QQ好友。

他说他要向我学习考上一中，像他们这样的班级考上一中还是有难度的，好在他是学体育的，后来真考上了一中，成了我的学弟。再后来我上了大学，他说也要考我们学校，最终考上了我们学校对面的师大。

我们好像也一起出去玩过几次。印象很深的是，我高三快毕业时，有一天他来我们班找我，带着一个虽然胖嘟嘟却很可爱的女生。他跟我说了什么我不记得了，只记得那个女生一直看着他，满目崇拜，那个眼神我记忆犹新。F说她是他的朋友，不过女生生怕他跟我走了的眼神出卖了她，但她却不知道我不喜欢F，只当他是学弟。

从俊哥和我确定关系的那天开始，但凡是男生，我都刻意保持了距离。久而久之，我的世界除了几个闺密外，几乎没有其他异性朋友了。

感谢他们曾经出现过，温暖过十几岁的我。

为何要在这人世间匆匆忙忙

黄昏，走在回家的街道上，路上的车辆呼啸而过，行人步履匆忙。是的，这是个快节奏的时代。

快走到家楼下的面馆时，遇见了十多年未见面的初中同学，曾经的同桌。我们都褪去了年少的青涩，各自为自己的梦想在努力着。

她问我为何如此消瘦，无精打采。我捧着自己的脸问她，变化大吗？

"你呀，样子倒没变，但精气神不在了，记得你以前虽然瘦，至少活蹦乱跳的。现在，仿佛心里藏了许多事情一般……"

我静静地听她分析完，朝她笑了一下。

"你看，连微笑也好疲惫。"嗯，我承认，现在确实好疲惫。疲惫于每日匆匆忙忙地生活……

看着她，许久，思绪才从记忆里被拉了回来。她问我这些年到底发生了什么，我们从天黑坐到天明，仿佛曾经两个不谙世事的小姑娘又回来了。

她毕业以后的生活和我极度相似，像一个永不停歇的时钟。忙着家庭、忙着工作、忙着应付那些复杂的关系，却唯独忘了自己。

身体开始出现异常了才回头看看，那些疯狂忙碌到连自己的爱好都搁置一边的日子，也没有多快乐，反而一日比一日疲惫。

是不是该想想往后如何生活了？我俩分开前相视一笑。

慢下来吧，不用那么匆忙。

多爱自己一点，没有比快乐轻松的心情、健康的身体更重要的了。

停止应付那些令人疲惫的人际关系吧，要知道，爱着你的和你珍惜的永远是那几个人。

若爱是浮游

第一个跟你说"生日快乐"的那个人，你还记得吗？

很多时候，我们可以一个人吃饭，一个人走路回家，甚至一个人吹灭蛋糕上闪烁的蜡烛。可是，直到生日结束那刻，都没有收到一条祝福信息，才会感觉，世间人海茫茫，却没有一个人在那二十四小时想起你。

酸涩无以言表。

爱你的人始终在行动，不爱你的人只会用甜言蜜语去蒙蔽你。

很喜欢《绝望主妇》里的一句台词："无论身心多么疲惫，我们都必须保持浪漫的感觉，形式主义虽然不怎么样，但总比懒得走过场好得多！"

如果，连简简单单的过场都懒得去走，那还谈什么爱呢？

抖音上有个可爱的女孩儿，分享了她的故事。

毕业后，父母让她留在重庆，给她安排一份稳定的工作，对于从没有出过远门的她，确实特别合适。

可是她的男朋友毕业后准备回上海发展。于是她面临选择，要么和父母在一起和男朋友分手，要么离开父母随男朋友去上海打拼。

她说她的男朋友很爱她，大学在一起的几年几乎事事都依着她，早上为她做好早餐才叫她起床，连她的内衣他也会亲手洗了挂在阳台上晾好。她不敢想象，和男朋友分开的日子，谁能忍受她的小性子，谁还会对她那么好。

她终是拉着行李箱离开了重庆，离开那天刚好是她二十三岁的生日。她的父母害怕她过去后过得太苦，给了她一张银行卡，里面有十万块钱。

到了上海，男孩儿就去给女孩儿收拾房间。他说，今天是你的生日，也是你来上海的第一天，今年的生日一定与以往的生日都不同。他带她去商场里买衣服，还买了她平时舍不得买的包包。男孩儿迫不及待地想要把力所能及的全部都给她。

女孩儿说，那一年两个人在一起感觉到前所未有的快乐和幸福。他们两个人在不同的公司上班，下班后一起到菜市场买菜，简单而温馨。

后来男孩儿在公司表现得很好，但应酬越来越多，回家也越来越晚了。女孩儿总是做好男孩儿喜欢的菜，等他回来一起吃，可是等到夜深也不见人影，最后自己一个人草草吃了几口便睡了。

男孩儿说他想努力，为了他们以后买房买车多赚点钱，让女孩儿多理解一些。女孩儿点头答应，两个人一起努力，未来会更好的。

可是他们的交流还是越来越少了，女孩儿说她也不知道从什么时候开始，两个人的话变得一天比一天少了，男孩儿再也不发信息问她吃没吃饭，大姨妈来了肚子疼不疼了。

女孩儿打电话问他要不要回来吃饭，男孩儿总是简单回一句："你吃吧，不用管我。"

她在一个陌生的城市，陌生的环境刚工作，由于经验不足，总是被同事刁难，被上司训斥。女孩儿想找个人倾诉，可是她发现，在偌大的上海，她却没有一个朋友。于是，委屈了就躲在角落里偷偷地哭泣。

两年过去了，女孩儿二十五岁的生日到了。她发了一条朋友圈，内心希望男孩儿可以看到并给她一个惊喜。可是到了晚上八点，还是没有男孩儿的消息。女孩儿心里难受，伤心地点了一份酸辣粉，和着眼泪边吃边哭，生日就算过了。

凌晨一点，男孩儿回来了，还带着一身的酒气。衣服没脱鞋也没脱，就一动不动地躺在床上。没有惊喜也没有祝福。

女孩儿说，当她看到那一幕的时候，她在怀疑，这到底是不是她要的生活。

第二天，她问男孩儿记不记得昨天是她的生日。男孩儿说，记得，只是太忙了，忘了给她准备惊喜，叫她不要介意不要多想，明年生日再给她买个大礼物。

女孩儿恍惚间想起两年前他们手拉着手在街上喝着奶茶，男孩儿对她说以后都会对她好的画面。

"今天晚上可以陪我去我最喜欢的那家奶茶店喝杯奶茶吗？就当给我补过一个生日好不好？"

女孩儿满眼认真地望着男孩儿的脸说。

"今天晚上我要陪公司领导接待甲方公司的考察人员。"

"就不能让别人去接待，今天晚上陪我一下吗？"

"别的同事去我不放心，这个案子一直是我在负责。"

"好吧。"

男孩儿走出门的那一刻，女孩儿泪流满面。原来在他心里她已经不重要了，只是她自己不肯承认而已。

女孩儿曾在一个夜市上看到男孩儿和几个年轻人在一起，很开心，那是他的朋友，她还记得他们曾经来找过他。

女孩儿在远处打电话问男孩儿在哪儿，他说在加班，很忙，就把电话挂了，继续喝酒划拳。

是呀，这个地方是他从小长大的地方，他有朋友、有家人在这里。而我，是一只流浪的猫，没有家。

女孩儿想着想着，心里五味杂陈。也许他就只是想和自己的朋友聚聚，也许他好久没有这样放松过了，也许我应该多理解理解他。

被爱的人不需要说抱歉，女孩儿已经为男孩儿想好了无数个理由。

电话响了，是女孩儿妈妈打来的。

"宝贝，昨天过生日开心不开心呀？知道你们年轻人需要空间，我们就昨天没问你，生日快乐，宝贝儿！"

电话这头的女孩儿早已泪如雨下，却强装镇定地笑着说道："很开心，他给我买了花，订了大大的蛋糕，我们两个人都吃不完呢。"原来这句来自亲人的"生日快乐"真的那么神奇，伪装的情绪瞬间被瓦解了。

"那就好，那就好。不要亏待自己，想买什么就买什么，钱不够给妈妈说，爸爸妈妈给你汇过去。"

"知道了，妈妈。我想你们了。"

"傻孩子，想我们了就回来看看哪！两年了，就过年的时候回来看过我们一次，妈妈想看看你瘦了没有？"

"好，等我请了假，就回来。"

女孩儿收拾好行李，带着父母给的那张卡，订了回家的机票。她对自己说，我再也不要回来了。这里除了他，没有一点点温暖，可是现在，连他也不再温暖了。

男孩儿像往常一样很晚才回到家，这才发现女孩儿走了。房间整理得很干净，似乎女孩儿从来没有来过。他打开手机，没有女孩儿的电话，只有一条未读短信。

"我回去了，不用再联系我。我也知道你不爱我了，我是那么渴望第一个跟我说生日快乐的人是你，渴望我也可以像其他女孩一样收到惊喜。两年了，我们的幸福也被时间稀释干净了，不怪你，这只是时间的错。"

男孩儿没放在心上，他想，反正过段时间，女孩儿也会再联系他的。毕竟在这段感情里面，女孩儿的爱多出了很多很多。

可是，半年过去了，女孩儿再也没有联系过男孩儿。回到重庆以后，她才明白被人关心，被人宠爱是件多么美好的事情。生病了有人牵挂，夜深了有灯为她而留，下班回家有可口的饭菜。她慢慢开始接受单位里年轻帅气小伙子的追求。

男孩儿从以前同学的朋友圈里看到女孩儿订婚的消息，那一刻男孩儿才明白，在那些寂寞的日日夜夜里，他已经错过了那个为他放弃一切，随他奔赴未来的女孩儿。

女孩儿离开后的每一个夜晚，没有人为他留灯，没有熟悉的饭菜香味儿，阳台上没有晾好的衣服，就连地板上也没有女孩掉下的头发。他这才发了疯地开始想念女孩儿，想念两个人在一起的每一个甜蜜瞬间。

可是分道扬镳就是分道扬镳了，没有谁会一直停在原地等着谁。

林清玄在《人间有味是清欢》里说："浪漫，就是浪费时间慢慢吃饭，浪费时间慢慢喝茶，浪费时间慢慢走，浪费时间慢慢变老。"

希望每个可爱的女孩儿都可以遇到那个愿意将一切都浪费在你身上的人，为你制造浪漫，记住你的生日，为你带去惊喜。因为这样的人，一定是宠你的人，一定是很爱很爱你的人。这样的人，才能和你一起抵岁月悠长，将每一个平淡的日子过成诗。

冬季阳光
——读《姐姐，我想做一块大理石》有感

十二月末的冬季，午后的阳光透过百叶窗洒在电脑旁的枫叶上，空气褪去燥热后有了几分湿气，慵懒的色调让人昏昏欲睡。

清风袭来，最爱的书籍在书桌上掀开，释放出阵阵清香，或许是这本钟爱的书染上了电脑旁的香薰的香气，也或许是放在抽屉里的苹果忍不住寂寞让香气分子出来透透气。或许吧，或许，眼睛在漫无目的地扫荡。恍惚间，大理石三个字模糊地从眼前掠过。

很久之前，大约在夏季。在网络上了解笔若的时候曾看到过他的一篇作品——《姐姐，我想做一块大理石》。当时就简单地读了一下，感觉有些许苍凉的味道。

或许是好奇，抑或是绿植的腰身舒展得刚刚好，我便点开了喜马拉雅。

背景音乐轻轻响起，播音主持人吐出"一切不幸都源于幸福"，这一句的时候很轻松，我却有些凝重。凝重，仅仅是因为这一句话让我想到了许多。如果这世界没有幸福，就不会有不幸。正因为幸福的存在，才有了对比，才有了那些隐忍的痛苦以及生命里存在的阴影。

你可以回忆起年少时的村庄吗？如果你的记忆开始模糊，请闭上眼睛听一听。

从城市回到村庄
回到盖过几代人破碎的瓦片上
屋里酿着闻名几个村庄的土酒

一代又一代的人住在瓦片遮盖的房屋里，房屋里有亲人酿制的美酒，酒香是家的味道。为什么笔若会突然想到村庄，想到破碎的瓦片，以及屋里的土酒？我们可以大胆分析一下。

一个人，在很虚弱、很孤独或者受了伤之后会回首过去，也会把那些斑驳的过往场景拼凑起来。屋前大块大块的稻田，屋子侧面的菜园种着紫色的茄子，茄子的茎秆已经老去，叶子上还残留着浅浅的茸毛，嫩嫩的小白菜一棵棵昂着头，也许有鸡群在院子里扑腾，也许是某家的老人正佝着背编制竹背篓，也可能是小伙伴们在扔着自己缝制的沙包，哪户人家炒了土鸡蛋，香味和着夕阳的橘黄飘到了外面玩耍的孩子鼻尖。

那些过往是带着颜色和味道的，你甚至可以触摸到木屋外窗户凸起的镂空雕花。

在曙光中
早已离去

那些过往终究离去，终究在青山苍翠、满目阳光中随着岁月消逝了。但心里是带着些许悲凉的，唯一的念想留存在记忆之中，姐姐是凌晨的曙光，她走了，没有回来过，身边仿佛没有一点温度，置身孤岛之中。

现在的你点亮冬天的火把
远方就是你走向月光下的小城里

姐姐终于出现了。姐姐带着光亮走来，为笔若湿冷的身体带来丝丝柔情。因为有姐姐的存在，所以世界增添了雪白的光芒和柴火温暖的气息。姐姐在笔若心里是圣洁月光般的存在，更是有温度的存在。终于有一天，姐姐走向了远方，走向了自己的归宿。

> 这里的人们
> 打针的打针
> 吃药的吃药
> 而你却坐在原来的地方
> 我唯一的遭遇
> 是爱着姐姐

这一句，让我回忆起在医院的日子，一个人在无助的时候，想起的那个人往往是心里最温暖的存在。历尽千帆，姐姐还是一尘不染地留在笔若心里，他轻轻地告诉她："我一直等着姐姐，也深深爱着姐姐。"

诗人有着至死不渝的浪漫。

> 我想做一块大理石
> 为你石厂白雪纷飞
> 我想做一块大理石
> 为你城门四面打开

无论是为了姐姐变成随风飞逝的白雪，抑或是城门里的一块石头，都只是希望姐姐可以看到所有的美好，未来是灿烂的、阳光的、有所期许的。

诗读完，夜幕已降临。每个人都在经历着不一样的生活，来来往往的人们，嘈嘈杂杂地来到你的身边，又匆匆忙忙地离去，我们的心却永远停留在儿时破碎的屋檐上，停留在如冬日阳光般温和的姐姐的眼眸里。如此，念念不忘。

十 月

十月，傍晚的风夹杂着落叶，空气中有些许腐烂的味道。

还滴着水，湿漉漉的头发，桌上玻璃杯里有没喝完的红茶。桌上素色封面的新书，有一点点兴趣去了解里面的插画，可是始终没有翻阅它。

缠绕的白色耳机线，如同疲惫的身体，瘫软、没有生气。

好，允许杂念的暂时出现，抽空想你一下。

这是一首有些许起伏的曲子，没有突兀的词，却如路过的一阵风、一朵云，你爱过的夏天的海浪和冬天的第一场雪，比如今天是出门的好天气，它们无数次拯救你，在你不知道的瞬间。

他们说："这世间，有人笨到擦干眼泪后还在继续爱你，有人精明到权衡利弊后放弃你。"生不逢时，爱不逢人，始于心甘情愿，终于愿赌服输。这才是生活原本的样子。

所以啊，再等等吧。

等到一个合适的人出现，在恰好的时间，出现在我的世界，一切都是上天最好的安排。

林俊杰的声音出现的时候，有一刻我断定，你会遇到一个非常非常喜欢的人，他没心没肺，但你会爱他很久很久，哪怕山河破碎、物是人非。

如果你把一个没心没肺的人变得多愁善感，说明他真的为了你而改变，那么恭喜，他很喜欢你。

为什么要那么痛苦地忘记一个人？时间自然会使你忘记。如果时间不能让你忘记应该忘记的人，我们失去的岁月又有什么意义呢？

一瓶可乐三块钱，但第一口值两块钱，你该明白这世间很多东西都是这样。新鲜感会占据所有事物的第一眼。

也许是有些懦弱的原因，我对所有的喜悦，都掺杂了不祥的预感。生命中的大部分时光是属于孤独的，努力成长是在孤独里可以进行的最好游戏。

他们说："山高路远，总会有一个人，在大雾散尽时，牵你的手回家。"

带着温暖，铺一条鲜花盛开的路，待那人来时，一路芳香，雀鸟叽叽喳喳。

人生路上不要背上不必要的行囊，去做你愿意做的事，遵从内心而活。未来可能漫长却依旧值得期待，愿历尽山河却仍感人间值得。人生不必太用力，坦率接受每一天。

树上的她

燥热的午后，你提着几兜菜从地下超市走出来，保鲜膜绑着的葱蔫得有些过分，你低头把黄的那几根抽出来扔进垃圾桶。麦当劳门口人潮涌动，一位老人挑了两担李子在售卖。远远望去，那两担满满的李子青青翠翠，如老人一般神采奕奕，几个女人牵着孩子围了上去。

在你八岁那年的夏夜，你和表姐窝在床上，大你几岁的表姐对你讲述她暗恋的那个男孩儿，向你小心翼翼地展示用赶集卖豆芽的钱买回来的精致头花发饰，她的双眸里星光熠熠。

可你的话语多么煞风景啊，你说："表姐，我饿。"

表姐拉着你下床，屋外空无一人，坝子被月光照得明晃晃的。表姐脱了鞋，爬上那棵院坝旁的李子树，咬着衣角做了个大兜，把一个个李子扔进去。你站在树下，望着表姐那露出来的白花花的肚皮发呆，几片叶子落了下来，你吞了口口水。

从树上跳下来，几个李子从表姐的兜里窜了出去，你追着那几个不听话的李子满坝子跑，表姐从后面拽着衣领把你揪回了床上。

你们盘着双腿，表姐把李子倒在褪了色的粉色牡丹花床单上。

快尝一下，表姐挑了个大的递给你，咬一口，李子的汁水溅了出来。

你们俩把吃剩的全放在枕头下，稻谷壳装的枕头有些扎脖子，才躺下一会儿，几颗米粒大小的红壳就冒了出来，表姐让你背过身去，用手挠着挠着就开始打鼾。你悄悄从枕头底下掏出几个李子，用门牙一点点将果肉轻轻咀嚼、吞咽。

你忘了那些李子的味道，只记得表姐均匀的呼吸声。

多年以后，再次见到表姐，你问她那个镀金的蝴蝶发夹是否还在，是否已经生锈。表姐笑着看向你："我小时候哪有钱买那么好看，那么贵的东西哦！"她的眼尾挂着几条细纹。

你有些遗憾，你明明还记得表姐的脚底总是有一层灰乎乎的尘土，明明还记得那个夏天的每一个李子都来自表姐用牙齿掀起的衣兜。

返程的时候，表姐从灶房出来，手里拿了个红色塑料袋子，她让你等一下。

你看着她走进屋旁的菜园子，弯腰快速地掐着嫩绿的豌豆尖，有一缕头发垂了下来，遮住了她的侧脸。

你很想抱她一下，表姐，你喊了出来。

"很快了啊，等等。"

她头也没抬，只是加快了速度。

恍惚间，你又想起，那个安静的夏夜，晚风吹过，几片李子树的叶子飘了下来，你的眼睛眨了一下，肉嘟嘟的小肚子倚靠在树干上。

温柔而惬意的鲜活过往

阳光里飞舞的灰尘一点一点占据视线的时候，我正在为一个文件烦躁。

不经意地呼吸，突然就打了一个喷嚏，一定是这些调皮的灰尘惹的。

连续一个月的阴雨天气，习惯了灰蒙蒙的天空和突如其来的凉意，连如期而至的晴天也被忽略，这或许就如同沉浸在某一种情绪里，很难自拔吧。

窗外飘散的雾气开始淡了，一束一束阳光扎进赤水河底。河水青绿，岸边的树木还是墨绿的一片，一簇簇不知名的黄色花朵在摇曳。

就是那一簇簇花朵的黄在我眸里一晃而过，那个漫山遍野，追逐打闹的童年竟悄然跑回了我的脑海。

那时我大概九岁，这个城市还没有发展到如今人挤人的模样，屋子旁边有一大片稻田，一块接着一块。

我最爱二三月，那时的油菜花慢慢地盛开，金黄里都是扑鼻而来的香味。蜜蜂和蝴蝶似乎也热爱如此灿烂的颜色，在花海中成群结队地舞蹈。

而那时的风，十分清新，还带着些脾气，小伙伴儿拿了个印着葫芦娃的风筝找我，剩下的时间就被奔跑充实。

"你看，飞得好高哦。"

"嗯，葫芦娃葫芦娃，飞到天上找爷爷去了。"

"哈哈哈哈……"

当交材料的人喊我的名字时，我才缓了过来。

"笑什么呀？这么开心。"她问。

"油菜花。"

"油菜花值得这么开心吗？"

"还有风。"

"好吧。"

许是引人注目的，往往就是那温柔而惬意的鲜活过往吧。

小扇引微凉，悠悠夏日长

　　一个傍晚，经过实验小学，看到那扇紧闭的校门，还有围墙里的操场，我与这里的记忆就在不知所措中不期而遇了。

　　小时候吃辣条舔手指，把零花钱都用来抽奖，穿裙子跳马，和同学去偷人家地里的红薯烤来吃，结果烤煳了，也没扔掉，吃得满嘴都是黑乎乎的，然后回家。一次把爸爸惹毛了，用衣架抽了我几下，晚上离家出走，走了很久很久，从垒城走到葡萄井，爸妈居然没找我。我一边走一边哭，街上黑漆漆的，有人咳嗽，吓得我往回跑，爬上门口的拖拉机尾箱，悄悄缩在里面，哭着睡着了。

　　初中数学老师总爱用手绢擤鼻涕、擦汗水，然后再轻轻放进西装的口袋里。闺密天天埋着脑袋看言情小说，动不动嘻嘻傻笑。同桌是班草，经常有人找他告白。有一天，一个学姐带着几个姐妹找到他，扇了他一巴掌。后来听同学说他拒绝了那个学姐，让那个学姐很没有面子。

　　初三的同桌天天听那些非主流歌曲，包里随时背一把西瓜刀，为了不让教导主任发现，一检查就悄悄放进我的桌斗里。为此我们吵了很多架，最后他答应帮我抄一个月作业才作罢。到现在，我都没弄懂，他每天背着刀上学是为了什么。

　　坐我前面的同学是个肌肉男，耳朵却不太好使。一次他正埋着脑袋看漫画，整个人都沉浸其中，班主任盯了他两分钟也毫无反应。同桌让我提醒他，我轻轻用食指戳了一下他的背，没反应。同桌看不下去，加大力气也去戳了几下，还是没有回头。我看了看手里一元钱一支的中性笔，带笔帽的那种。我把笔帽那端对准他的背，费了九牛二虎之力，连戳几下，他终于抬头了，不仅抬头了，还跳了起来，反应过来正在上课又迅速坐了回去。

　　仔细一看，我的笔稳稳地插进了他的背里，笔帽早已不知所终。那时正值盛夏，他只穿了一件薄T恤，可见有多疼。他看着我，眼睛都不带眨一下的，同桌拍着课桌惨绝人寰地大笑。好在他皮糙肉厚，我也硬是酝酿好久挤出一滴眼泪才作罢。

　　高中，弟弟拿了我藏在柜子里的私房钱去包夜玩游戏，故意在我写作业的时候放音乐，用手指戳我的背和脑袋，说不让我考上大学。我气愤地提着菜刀追他，最后一拳打在他鼻子上，两个鼻孔瞬间冒出来许多血，我吓得赶紧用两团卫生纸给他堵上，他没哭，我却哭了。

　　高中时本想当个文艺委员，却稀里糊涂成了体育委员，每天帮着体育老师喊操、借器材，大热天陪着班里男生打比赛，晒得像个泥鳅。我总扎不好头发，于是头发一长就剪短，一长就剪短，直到高中毕业，头发也只能扎起来一小点。除了学校组织，高中三年，我没穿过一次裙子，完完全全没有一点女生的样子。

　　我就这样度过了我的十八年。

一边等你, 一边放弃你

当时我欢喜的一切, 过了几十年, 甚至一辈子, 依旧欢喜。这应该是人世间最为可爱的幸事。

最近朋友圈特别流行的一句话: "苯基乙胺的浓度高峰一般可以持续六个月到四年, 这就是一次恋爱的时间, 人本来就不是长情的生物, 至死不渝的爱情违背天性。"

反复思考一下, 的确如此。

妈妈过生日时, 亲人齐聚。饭毕, 大家围坐在火炉旁开始探讨人生。大家谈到婚姻这个话题就停不下来了。

三妈喝了一口橙汁看向表哥, 问他有没有把表嫂接回来。

"她有脚走出去, 就能自己走回来。"表哥的话语间有些决绝。

"听说她已经嫁了。"阿姨带出了一句。

我竟不知, 两个好好的人, 一吵架, 居然已经离婚了。

我这个表嫂, 在我印象中一直是一个勤劳勇敢的女人。表哥在外承揽工程, 她在家带两个孩子, 还将家里大大小小的事情打理得井井有条。

她还是个热情的女人。每次去他们家玩, 她总是端茶倒水, 面带微笑。

我以为他们只是赌气冷战, 没想到最后还是分道扬镳了。

他们这么多年来, 确实有过吵吵闹闹, 但我始终相信两人都是有情之人, 不会分离。可是时间还是证明了, 爱情不会一往而深, 时间久了, 终究谁也不肯为谁低头。

谈起他们最后的结局，还是彼此都认为对方不理解自己，说离婚就真的离婚了。没有犹豫，没有挽留。

　　婚姻往往容易走进死胡同，只因为两人想的不一致。一开始，大家都有新鲜感，男人将就女人，女人感受到关心和呵护，生活如胶似漆。

　　几年一过，柴米油盐，女人怀孕生子处理家务，男人一心奋斗在外赚钱养家。两人都为了这个小家一起奋斗，这本是幸福而美好的事情。

　　可是，生活往往不易，两人都生活得很累。女人伸手要钱，男人心烦，两人开始为一些鸡毛蒜皮的小事不停地争吵，甚至大打出手。女人心里委屈，觉得男人既没了以往的浪漫与温暖，还吼她，打她。男人心里也不甘，觉得当初那个女孩儿可爱温柔，现在竟如同一个泼妇。

　　两人都忘了在一起的初心。

　　"其实我知道一句话就可以改变一切，但是我们男人就是说不出那句话。"表哥笑着说。

　　大家还在吐槽婚姻，我忽然就想起三毛在《雨季不再来》中所讲的一句话来："或许，我们终究会有那么一天，牵着别人的手，遗忘曾经的他。"

清梦压星河

冬日的傍晚，没有黄昏，没有日落，也没有一阵阵怡人的栀子清香。

这个有着橘色灯光闪烁的夜晚，雾气蒙蒙，包裹了所有冰冷的建筑。我们看不清前面的路是什么模样，睁大了眼睛，只为看清眼前那一寸路，一点暗淡的流光指引着方向。

有没有一首歌曲，让你戴上耳机的瞬间就被重重地击中。

如果有，会是《夜曲》吗？

记不得第一次听到这首歌是在什么时候了，或许是小学，或许是初中，谁知道呢？

旋律响起的刹那，我就知道，这首歌将会伴随我成长。因为它的每一个音符，都在有节奏地跳跃，像一群横冲直撞的沙丁鱼，它们来得那么迅速，那么凶猛，占据了那一刻我所有的呼吸。

它的歌词，那时的我听不懂，只觉得这应该是一段悲伤的爱情。可是那磁带嗞嗞的声音，却深深地牢固地扎进我的耳朵里，浓浓的情绪渲染，凄美动人，明明自己没有接触过任何关于"爱情"的字眼，却有种莫名流泪的伤感。

十几年过去了，没了束缚，长出新的翅膀的我依然还在听这首歌。

它有很大的魔力，如同一台时光机，只要前奏轻轻响起，我就瞬间被带回那个什么都不懂的年代。仿佛周围的空气还是那个味道，曾经未写出答案的那张试卷还放在我的课桌上，左边是最爱的白色心形橡皮擦，右边静静躺着绿色铁皮文具盒，已经开始生锈了。

如今我已可以代入歌词来理解这首歌，我的青春早已消逝在很久很久以前，可是因为这些跳动的音符，我又可以很轻易地把它们都寻回。

　　音乐让生活多了仪式感，爱让生命有了质量，而善良终是生命的归途。莎士比亚说："慈善是高尚人格的真实标记。"万千世界，缤纷变幻，飘飘落落，来来往往，泛黄的树叶，随闹钟的时针倾斜的情感，终会随着岁月的流逝而沉淀，而能在时空的阡陌里源远流长的，总是那些以大爱和善良所集结的人生符号和灵魂标签。

　　夜深了，不敢再点开《夜曲》。天亮后，这首歌比较适合我。

　　浩瀚山海，皎皎月色，一花一木任其风情万种。岁月长留，生命万瞬，天长地久有时尽，时光绵绵无绝期。

白雾四起

　　曾记得自己有几张照片，夹在小学的成绩册里，后来随父母搬了几次家，成绩册便不翼而飞了。

　　心里时常悄悄埋怨母亲，如果她会收拾，把我的那本"宝贝"收藏好，那几张珍贵的照片就不会不辞而别了。

　　但从不敢开口和母亲谈起这件事。要知道，那时的她为了一家人的生活，与父亲起早贪黑地劳作。要是哪天我真为了这件"小事"惹她动了怒，那必定是"罪大恶极"的。

　　其实，现在你问我究竟丢失了哪些照片，我是无法准确回答的。

　　照片之所以重要，是因为可以借助记忆带着此刻的自己回到过去。

　　有印象的就两三张而已。

　　记忆最深刻的是母亲抱着八个月大的我，站在老房子门口的石碾上。

　　母亲的头发被编成长长的辫子，轻轻地从后脑勺斜放到胸前，辫子又黑又亮，发尾用红色的头绳系着。身着一件淡蓝色西服与一条黑色踩脚健美裤，衣角打着同色系补丁，裤子的膝盖有两三个藏青色补丁，缝得整整齐齐，母亲穿在身上，那些补丁变得顺眼起来，似乎原本就应该在这套衣服上。

　　显然，母亲太瘦了，西服空空荡荡的。

　　那些年，母亲明明是下地干农活的妇女，竟不知为何脸蛋没有晒伤的痕迹，两颊红润。母亲的眼眸明亮，双臂将幼小的我环在胸前。现在想想，那时的母亲不过二十出头，也还是个初为人母的女孩儿罢了。

她怀里的我却是个剃了头的假小子，一只肉嘟嘟的小手放在嘴里，另一只手抓着母亲胸前的衣领，许是饿了，抑或是在磨牙，口水直流。

　　上衣穿的什么已然记不清了，只记得下身套的是母亲自己织的毛线裤。

　　那条裤子很有特色，一截一个颜色，有棕色、褐色、灰色和白色，肥大且厚重。我猜想，母亲肯定是把家里所有的毛线都用来织这条裤子了，也许还向姨姨们讨了些毛线才费力弄了这么一条独一无二的裤子。

　　我长大了，到了与当时母亲一般的年纪，也试图学母亲织一件毛线裤，可才学了几针就没了耐心，直接把织裤子改为织简单的围巾，花了两天时间总算织出一条歪歪扭扭的长方形来，撇开粗一针细一针的问题，戴在脖子上取暖是完全没问题的。

　　有一天，刷到一个围巾视频，花色款式都特别精致。没有对比就没有伤害，下单回来才发现自己那两天又做了无用功，至今那条围巾如同我儿时的成绩册般，已不知所终。

　　小时候我曾学表姐她们叫母亲为母儿，叫了好几声母亲也未应答，我想着她肯定不喜欢这个老气横秋的称呼，所以又改回了妈妈。

　　我的母亲，刚好比我大二十岁，所以现在的她也才四十多岁，可是岁月风霜的痕迹已经刻在了她的眼角。

　　我的母亲，是这世间最疼爱我的人。但我时常反思，我是不是做得不够好，是不是没有达到她理想中孩子的模样？但这些都不重要了，当死亡来临的时候，我最想回到的去处就是母亲的肚子里。

　　母亲的肚子，是这世界上最温暖的存在，我在里面蜷成一团，睁不开眼睛，可是那里最安全、最舒服。

　　我的母亲，她是一个文化程度不高的妇人，却教会我太多人生哲理：女生要经济独立，不依赖别人，自己喜欢的东西自己买……要知道，在那个年代，很多家长给自己女儿灌输的是嫁人改变命运。

我的母亲，她似乎并不在意那些，她说你自己喜欢就好，嫁得近一些，最好遵义范围以内。因为她自己经历过，逢年过节也难回家一次。母亲就只有两个孩子，我和弟弟。她不希望我离她太远。

我的母亲，她是从四川嫁到贵州来的，她和父亲的爱情算不上轰轰烈烈，但也是一段佳话。

母亲认识父亲，大概是十多岁的样子，那时，母亲从四川来大姨家玩（大姨嫁在父亲所在的乡镇），由此，认识了我的父亲。

其实那时，我的父亲是有一个相好的姑娘的，但那个姑娘家里不同意两人在一起，嫌弃父亲家里太穷，无奈，父亲只好放弃。

母亲第一次见到父亲就喜欢上他了，他高大帅气，举止文雅。

是母亲倒追的父亲，为父亲纳鞋，陪他干农活，后来他俩在一起了。

母亲现在是个敦敦实实的女人，圆润可爱，但三十五岁之前，母亲其实很瘦。

大概1999年，父亲赚了点小钱，就让母亲待在家里。母亲缺乏运动，整天钻研怎么做菜好吃，久而久之，原本娇小可人的她浑身堆满了肉。父亲曾经开玩笑让她用宽布绑一下，就不会一直长肉了，母亲都一笑置之。你看，她总是那么娇憨可爱。

母亲的爱好不多，喜欢钩毛线鞋、种菜、打麻将。

秋冬来临之际，只要一有空闲，母亲就会买各种毛线，粗的、细的，各种颜色都来一点儿。

母亲的手很巧，几勺白米饭经过她的双手会变成我最爱吃的饭团。说来也是奇怪，同样的米饭，放在碗里就寡淡无味，而母亲把米饭放在一小块方巾里用力捏几下就成了我最爱的零嘴。

吃完饭，她会一个人静静地窝在沙发里研究不同的钩织花样，粉白色的小兔子是给我的，蓝色的小猫是弟弟的，给爸爸的就是全黑或全灰。

她一个月可以钩织出好几种不同的花样来，属实到了痴迷的程度。钩出多的就会送给伯娘、堂弟……

喜欢种菜这件事儿，应该是刻在基因里的。

外婆喜欢种菜，母亲喜欢种菜，我也喜欢种菜。

母亲在老家桅杆寻了块平整的土地，分区域种了青口白、火葱、蒜苗、芫荽、生菜……

她照顾这些绿油油的蔬菜，很是上心。盛夏吹着空调，她定会反应过来，自己都感觉太热了，院子里的菜一定晒蔫了。于是戴上帽子就往桅杆赶。有人打趣她，这来来回回的都不知道可以买多少菜了，还被晒得黑黢黢的，母亲却一本正经地回答，自己种的更有味道，这种味道是买不到的。

这点我是承认的。自己种的苞谷啃着确实更有味道，这种味道其实和蔬菜以及味觉本身没多大关系，更多的是心里的成就感。一粒粒种子，从自己的手里钻进土里，我们为它们松土、施肥、浇水，每日经过那一小块土地，内心就会多出几分探究，它们是否发了芽，比起其他家的菜苗，长势是否喜人，看见有虫子趴在茎叶上也得想办法消杀。久而久之，就对种的庄稼有了感情，就对生长庄稼的土地怀有敬畏之心，以至于吃下第一口时，感受就已经与众不同了。

母亲可能自己都不知道，她在我心里，从来都是勇敢可爱的。

有天下午醒来，飘窗白纱鼓动，窗外白色雾气将一栋栋楼宇淹没，在薄雾和薄雾之间漏出对面几块深褐色的楼砖。突然，一阵风挟着雨落下来，疯狂敲打着玻璃。屋里空荡荡的，一个人也没有。那一刻，我对声音、气味、颜色都感到莫名的熟悉，甚至空气里的湿意都能让我想起儿时某个清晨在老家睡醒，母亲给我端来的一碗酱油拌饭。

出租车上的故事

浮生着甚苦奔忙，盛席华筵终散场。

悲喜千般同幻渺，古今一梦尽荒唐。

漫言红袖啼痕重，更有情痴抱恨长。

字字看来皆是血，十年辛苦不寻常。

—— 题记

这次要分享的故事是在上班路上捡来的。

早晨的我迷迷糊糊的，上了一辆出租车，正在补觉。忽然听见副驾驶位坐着的男生和他朋友打电话，那声音特别大，情绪十分激动，就如同洪水冲刷着车上每个人的耳膜，我瞬间来了精神。

"你最好离她远一点，她已经是我的女人了！"

"我对她没有男女之情。"

"她跟我聊天还没跟你聊得多，真是个见异思迁的女人啊。"

"她说你最近变了，只是找我倾诉一下。"

"跟我在一起说不管我怎么样都不会嫌弃我，结果跟你说我什么都没有。他妈的，什么都不在乎的女人最他妈现实。"

"你想想人家比你小几岁都没嫌弃你，你也没个稳定工作，人家不也没说什么？"

"这个女人我真是看透了，就一现实女人。是，我没稳定工作，但我至少开了一个摩托车店啊，等老子每个月赚一万的时候不要来求老子。就她那个样子，老子有钱了还会看上她？"

"你怎么这么看她啊？她要是嫌弃你，还会和你在一起吗？她可是念了大学的，你一个初中生人家也没说什么，而且还有了你的孩子，你考虑清楚。"

"老陈，说实在的，我怎么感觉她和你更聊得来呢？和我说一句就不想说了，和你在一起，倒是聊得挺开心啊。"

"你怎么老是往不好的方面想？我就当她是一个妹子。之前你对她不是挺好的吗？什么都顺着她，她也是认为你爱她，她才跟着你。"

"呵呵……爱？爱个屁！反正孩子她必须得生下来，然后她想留就留下来，要滚就滚！"

"你这个人怎么蛮不讲理！"

"孩子有一半是我的，她敢不生下来我一定找她报仇，反正她这个人我也没多喜欢。"

副驾驶位的男人抽着烟，十分嚣张。

而电话那端的人似乎感觉有些不妙，挂了电话。

"等我回去收拾你，死婆娘……"

之后咒骂持续。

而我，扫码下车，一阵凉风灌进我的脖子，打了个寒战，似乎昨晚的梦才醒了。

给慢吞吞小孩的玫瑰海

我特别欣赏那种敢爱敢恨的人，在他们的世界里，爱就是爱，爱的时候坦坦荡荡，分开的时候也可以分分钟删除、拉黑，从不拖泥带水，说不联系就不联系。

从不做不清不楚、不明不白的事情，爱了就是爱了，不爱就是不爱。

谈恋爱就认真地谈恋爱，是朋友就不会越过界限，游刃有余地掌控自己的所有关系。

当然，也很真诚地去对待每一段经历，对自己心仪的人从来都是大大方方，光明磊落，不扭捏更不遗憾。

那些在恋爱关系中特别喜欢全身心投入的人，刚开始会看起来像个非谁不嫁或者非谁不娶的恋爱脑，但当他们彻底绝望后就会立刻放下，忘记从前喜欢的感觉和在一起的所有，冷漠得像在这段感情里热忱到极致的自己从未存在过一般。这未尝不是一件值得庆幸的事情。

希望你的每一段感情都是发自内心的，而不是将就。让自己人生中的每一段感情和关系都无愧于心，不留遗憾。

从相遇的那一刻，开始愉悦万分，伸手相握抑或隔空相望，都是久已熟识多年的感觉。

生命大概就是这样的吧，慢慢遇见，慢慢靠近，慢慢交出真心，寻觅一位精神共通的人，无关男女、无关年龄、无关地位，寻到那个人，便是一场人生的久别重逢。

这个浮躁的世界，难能可贵的是有情可恬，有人可念，有心可暖。作家张小娴曾说："我们都是孤独的，直到我们遇到了另一个人，让我们知道人生是可以没那么孤独的。"

宫崎骏先生说："如果陪你的人半路离开了，也要心存感激，然后挥手告别。"

冬天或许是个怀旧的季节，许多的人和事都在转动的秒针之间不经意地悄然离去。似乎只有我独自一人，还在执着地去品尝这一季苍凉，错过了篮球场的奔跑、古道斜阳的凄然和长河落日的悲凉……

星粒摇曳，我的梦在浩瀚宇宙里翻转闪烁，闭目便是少年衣袂翩翩，跌跌撞撞打破满目流光。终究逃不过，跨越万水千山，风拂过的空气中还有他的味道。

更多的时候，我们要修心，把自己的内心充实起来，如果勤快一点，最好把外表也润色一下，这种内外兼修，可以保护我们自己在这个繁杂的世界独善其身。

也许，只有等到释怀的那一天，才可以笑着谈起过往。

突然想听陈奕迅的《红玫瑰》。

梦里梦到醒不来的梦
红线里被软禁的红
所有刺激剩下疲乏的痛
再无动于衷

眼泪再一次于梦中泛起涟漪。

适当的时候，我们也要和玫瑰告别。

婆十三岁时，被家人强行塞给爷爷换了几袋粮食。

爷爷当时已经二十有几，是乡镇里少有的才俊，前面有一房夫人，因生孩子大出血去世，留下一个年幼的女儿。

婆为爷爷生了七个孩子，老二被山里的豺狼叼走了，剩下六个，加上大婆留下的大姑姑，一共四儿三女。

爷爷在的时候，婆只需要照看好孩子就行了，生计全交给了爷爷，日子倒也自在。

可好景不长，幺爸四岁时，爷爷犯病撒手离世，留下一瘸一拐的年轻媳妇和几个幼小的孩子。

没了顶梁柱，家里揭不开锅。

三个姑姑很快嫁了出去。

剩下的男孩要娶媳妇，要读书。尽管婆每天起早贪黑，把时间全放在了田里，还是供不起几个孩子。

父亲十二岁时，婆用了大半生积蓄给大伯娶了媳妇，帮助他们搬出这个贫穷的大家庭自立门户。

剩下的三个孩子都在读书，最大的便是父亲，许是爷爷离世后，看着日益操劳的婆实在心疼，不想再给她添负担，成绩优异的父亲选择辍学回家。

房子的瓦片碎了很多，天气一变，就是房外大雨，屋里小雨，床上的被褥时常是湿的，晚上无法睡觉。

一日天晴，婆把家里的苞谷、红苕放进麻袋里，一个人拖到附近的砖窑场，换了一百来块完整的瓦片。

婆总是这么要强，不愿麻烦任何人。回到家撕了几块不要的布条，把右腿的伤口勒紧后就端来高凳，费力爬上猪圈。这么多年来，这是她第一次尝试爬这么高。婆正要往房顶上爬时，腿开始抽筋，疼得她冷汗直冒。

父亲回来看到正在屋顶上不知所措的婆，声音顿时沙哑了。

"妈，你别动，我喊人过来！"

太阳挂在屋顶上，炙烤着大地，地里野草东倒西歪，除了蝉鸣声，整个世界仿佛都枯萎了。

父亲心里着急，跑了几处终于找来两个汉子，几人试了多种办法终于把瘦弱的婆从猪圈上抱了下来。

得知罗家大嫂为了换瓦片竟不顾危险爬上房顶，两人决定抽出半天的时间来帮助这可怜的一家。

屋顶修缮完了，婆为两个村里的好心人端来两碗热腾腾的白米饭。

婆的一生都是坚强的，她唯一的柔软全给了她的几个孙儿。

从我上初中开始，父母忙于生计，总是很忙，婆就留在我们身边，照顾我们。

高二，我和弟弟剑拔弩张，婆夹在中间很是为难。那时弟弟酷爱上网，把我悄悄放在床垫下面用来换手机的"存款"拿去网吧包夜，就此事我向父母多次告密，时间久了，两人便结下"深仇大恨"。

看着我俩一人拿着锅铲一人拿着菜刀准备"对砍"，婆被吓得惊慌失措。

"你们两个吃多了撑着了是不？多大点事又开始了！"

那时候我有一部蓝屏手机，可以登QQ、玩贪吃蛇的那种，是母亲淘汰下来的。

下晚自习后，回到家吃完饭，我就躺在沙发上给好友的QQ空间留言。

"素，你一天就看这个手机，你看它干啥？不做作业了？"婆看着我的眼睛一动不动地盯着那个小玩意儿，心里干着急。

"婆，你不懂，手机里面的东西可有意思了。一条长长的贪吃蛇咬不到自己的尾巴，嘿嘿，玩俄罗斯方块和贪吃蛇没人比我更厉害！"

"别看了，我给你点钱，你不是要存钱买手机嘛，别跟你弟弟说。"婆从她的贴身衣裳里取出了一块白色的手帕，帕子里裹着一卷人民币。这块帕子我可太熟悉了，婆每次都趁人不在，悄悄从里面拿出一两张钱给我。当然，我知道，她也悄悄给其他弟弟妹妹，这是她对我们隐晦的爱。

　　拿着婆给的零花钱，对弟弟的恨意全消，不看手机为高考奋战去了。

　　婆的朋友全在桅杆老家，为了我们，婆不得不离开那个她最牵挂的村子，来到这个钢筋水泥的小城。

　　婆喜欢在院子里种菜，这是她在这个小城里唯一的乐趣了。

　　她会让父亲给她买白菜和空心菜的种子，沿着院墙撒番茄籽，周末婆就用这些蔬菜为我和弟弟煮面。

　　先把小番茄切碎，放点猪油、辣椒面、盐，混着炒成带汁儿的番茄菜，很香了才起锅倒在大面碗里，添些酱油醋。汁儿浇在面上，煮几片白菜叶子放在面上，最上面撒一点葱末。婆煮面的手艺很绝，她却说是猪油香，我和弟弟总会一股脑儿把一碗面连面带汤都吃完。

　　婆最后还是回桅杆了，她在那里待了一辈子，在老房子的左边有一块属于她的土地。

　　除夕，也是婆的生日，我和弟弟妹妹们去堡堡上采了些野花野草编成一个花环给婆戴上，婆笑起来像个小孩儿。

　　婆喜欢让我给她挖耳朵，拿一条长凳子，闭着眼睛把头放在我的双腿上。她的头发全白了，稀稀疏疏的，皮肤有了褶皱却还是很白皙，老年斑也是淡淡的。婆说我的手很轻，她轻轻地呼吸着，被太阳晒着似乎很舒服。婆说那个经常来看她的小伙子不错，结婚要给我包一个大大的红包。

　　上大学后，我回家的次数屈指可数，和婆待在一起的时间越来越少了。每次去看婆，她都会从柜子里取出一袋零食来，里面有饼干、罐头、麦片、果冻、奶糖，甚至还有老年奶粉，是那几个姨给她买的。婆掏出来给我，让我吃。我抱着一大堆零食，心里满足极了。虽然我知道这些零食肯定和以往一样，大部分都是过期的。

但我知道，婆对我的爱不会过期。

听大姨说婆会抬着盆去曹家沟洗衣服，在她自己的院子里摘青菜，腌制酸菜，在水井湾掰笋子……

后来，婆总是出现在我的梦里，她像个哲学家一样对我说："素，这世界上一切都是虚无的，时间是虚无的，山水是虚无的，人也是虚无的，我们看见的太阳，现在是存在的，但是对于宇宙来说，它也是虚无的。但是，只要还留在这世上，就勇敢地去尝试生活的不一样吧，不要害怕没有结果，好多花儿是不会结果的，但这一点儿也不妨碍它们绚烂。"

当然，花草也会衰老腐烂，它们落在泥土里，又一点点，一寸寸化为泥土，这和我们人是一样的，留给我们的时间或长或短，身体时好时坏，不要怕，没事儿的。大胆接受一切，不要太钻牛角尖，把自己束缚在条条框框里，你要让自己内心愉悦丰盈，带着一些淡然的态度去体验不同的海啸和阳光，又有何不可？

酒中倒影

去年春节，父亲邀请他的好友到家中小叙。

父辈们尽情聊着天，我也沉浸在他们的对话中。这时候郑叔看着我忽然提到："诶，老罗啊，你这个女儿还是那么孝顺啊，时常回来看你们，不像我家那臭小子，一天电话都不晓得打一个。来，二妹，别只顾着吃饭，别的酒我不劝你喝，今天喝的是茅台，喝两杯不碍事！"

"我这姑娘很少喝酒。老郑，你就不要劝她喝酒了，来，吃菜。"父亲急忙往郑叔碗里添菜，几个叔叔也跟着打趣起来……

看着他们高兴的模样，不禁想起父母和几个叔叔对我成长的帮助，许多温暖的回忆涌入脑海，我举起酒杯："祝爸爸和叔叔们友谊长存，身体健康！"

"老罗，你看看你这丫头哦，真让人羡慕。诶，来来来！"

酒，我平时喝得很少，所以不胜酒力。于是我退回沙发上坐下，身体感觉轻飘飘的，不知不觉对着酒杯发起了呆。我忆起了过往，那些故事竟然在酒中有了倒影，带着我的思绪，把那些人生的重要节点再次串联。

2012年的夏天，空气还有些许燥热。刚刚结束高考的我们挤在装有空调的饭店一角，讨论着题目的难易。

"董老师来了！"不知谁喊了一声，我们都站了起来。

"同学们，都坐。这几天大家都辛苦了，三年的努力也画上了句号，要好好吃一顿庆祝一下。对了，你们陈老师呢？说好的由他赞助毕业酒的。"班主任董老师笑着朝饭店门口张望着。

不一会儿，教地理的陈老师在几个男同学的簇拥下抱着两箱酒走了进来。

"我说我来抱吧，陈老师非不让，说我们今天是被服务对象。"班上平时一个比较活跃的男生说道。

"那是，你们这帮小鬼平时不是吵着闹着要喝酒嘛，之前不准你们喝是怕影响你们学习，今天我把我珍藏的茅台王子酒全部抱来了，你们随便喝，醉了我和班上的老师们送你们回家！"平时就和我们走得近的陈老师，顿时就把气氛给点燃了，大家都跃跃欲试。

老师们都来了，大家有说有笑，好似要把三年没说的话都说完。董老师端起杯子连喝三杯，说着又是不舍又是祝福的话，气氛也发生了变化。

也不知是谁第一个端起酒杯走向董老师，同学们也跟着纷纷拿起酒杯向老师们走去。说着说着,也不知是谁哭出了声。瞬间，我眼里强忍多时的泪水夺眶而出。

"老师，我不知道该说些什么，这三年，您为了我们早出晚归，为了我们喉咙都快吼破了，我们有时惹得您回办公室悄悄流泪，您为了我们操劳了太多，老师，我觉得我有好多好多话想对您说，可是想来想去就是一句，谢谢您！真的谢谢您！"当我说出这些话时，我都怀疑是不是空气中的酒分子给了我力量，让我这般歇斯底里。搂着我肩膀的班主任董老师早已泪流满面，她将杯里的酒一饮而尽，紧紧抱了我一下。

不知何时，聚会散了。不知何时，我回到了家。只记得那晚，所有的老师同学都湿了眼眶，那晚的星星很亮，夜晚的风夹杂着迷人的酒香。

2016年的冬季，接到好闺密琴的电话，她在电话那头声音微颤。

"快来我家吧，我好累啊，我想和你们说说话！"她很少这样失控，挂了电话我便立刻赶去。

"你们来了，你们说我该怎么办？我已经很努力了，孩子被打了，我比谁都心疼，为什么家长和院长都只吼我？又不是我打的，我已经第一时间去找打他的那个学生了解情况了！"看见我们那一刻，她的眼泪好像洪水决堤了一般，大颗大颗地滚落在红色的羽绒服上。

原来是她班上的一个小孩在学校被高年级学生打了，家长和院长怪她没有管好学生，通通把气撒在了她的身上。她很委屈，这是她在辅导机构上班的第二个年头，一向坚强的她也没想到有朝一日会被人当着全班学生的面训斥。

"来，露一手给你们看看，没有什么是美食、美酒不能解决的。如果有，那就再来一顿并再来一瓶。走！"我身边的梅说着就走进了厨房，我们也跟着挽起袖子走进去帮忙。

不一会儿，几道家常小菜便摆在了餐桌上，琴从储藏室里拿了两瓶茅台迎宾酒出来，哀怨地说道："今天，你们必须陪我喝高兴，让我忘掉这些不愉快。"

"那必须的！"我们几个相视一笑。

"你们知道吗？工作再多、再累我都没关系，我可以加班，我可以努力，但是我不能接受别人的不信任和没有理由的指责……"琴轻轻地诉说着她的内心感受。也许是喝了酒的缘故，大家的脸都微微泛红，也不觉得冷了。

我们几个就这样拿着酒杯依偎在窗户前，看着外面稀稀疏疏飘落的雪花。随着夜晚霓虹灯的闪烁，雪花也染上了各种颜色，显得五彩缤纷、异常美丽，就像我们的人生一样，各有不同，却又有许多相似之处，需要像美酒一样学会沉淀。

"妹，送送叔叔们。"母亲弹了我额头一下。我恍然如梦般从回忆中惊醒，才知道他们的聚会结束了，连忙起身送几位叔叔走向门口。

"叔叔们，欢迎常来我家玩啊！"

"二妹今天喝了一点酒，有点醉，一直发呆，有空了和你爸妈来我家做客。"郑叔说完便和几位叔叔回家去了。

　　不知从什么时候开始，茅台已经在我心中占有一席之地，它像一个老朋友，默默陪伴着我，静静看着我成长，记录着那些过往。透过它，我把记忆更好地记录下来，把过往的片段串联成一笔笔人生财富。

凌晨四点的月色

凌晨四点，大姨叫醒了我，她带我来到了院坝。

风比入睡时凉快得多，影影绰绰中月色浅浅淡淡，朦胧中又有些光亮，一切似乎都在沉睡中。院坝外一地新种下的红薯藤，往外一点就是一片竹林，看过去一片墨绿，在夜风中微微晃动着。

这地原本是块稻田。儿时，一到秋天，这田里就会扎上五六个大大的稻草垛，像一个个高大的巨人守护着小小的村庄。小伙伴们把稻草往两边一层层扒开，直到中间掏出个大大的洞，钻进这个洞里，往地上再铺上一层稻草，就有了小屋的模样。田埂上摘来紫云英，将一朵朵紫色的小花儿串起挂在稻草墙上做装饰。夜晚，在稻草堆上掏出个小小的窟窿望月亮，啃着刚刚烤熟的洋芋，风也柔柔的，裹挟着烤洋芋和稻草风干的味道，几个小人儿开始窝在"小屋"里享受月光洒下的温柔。

后来，这块稻田被放干了水变成了旱土地。一年四季种着应季的蔬菜瓜果，比如红苕、芫荽、青口白、高粱、苞谷……一到春夏，便绿得茂盛。

大姨对土地着了迷，巴掌大的旮旯坎子，只容得下两双脚，她也要用锄头最锋利的刀面一点点锄下来，似在几十年的木墩子上切老腊肉一般认真。野草根连着坚硬的土壤被她踩在脚下，眼里充满希冀。

村民拉着老黄牛路过，问她，做这些能挣几个钱？不如学学别人放牛，过年一卖就可以抵你在太阳下的地里的弓起背锄的每一下。

大姨只笑，不搭理人家，用袖子抹了抹脸上滚下来的汗水。她何尝不想养头牛？土地那么多，如果有头黄牛，她也可以挽起裤脚，扯片苦丁茶叶子嚼着，站在那儿唠嗑。

苞谷苗出土了，嫩绿的叶儿，那圆滚滚的露珠儿躺在上面闪着莹莹的光亮。大姨扯起马唐草的根部，喃喃道："好乖哦。"

"蒋老四，你家的畜生你不管，天杀的啊，一地的苞谷没得了啊！"

苗子被羊群糟蹋了，大姨日日夜夜守着，还是没能躲过深夜跑到山下的羊群。

咒骂声夹杂着哭泣和不甘，持续到天亮，村舍的灯亮了，月亮躲进了梨树的枯枝里。

大姨又从地里背回一篓子的红缨子高粱，让我拿着晒谷耙在坝子上把它们推匀。耙子是实木的，长长的杆子，耙子头一面平实得像刀，一面凹凸不平像猪八戒的九齿钉耙。我脱了凉鞋拿着木耙在高粱里来来回回地跑，额头沁满汗水，双颊晒红了，才摊开半坝子。大姨则在前面埋着脑袋把那些不小心混入高粱的杂草、秸秆挑拣出去。她的双手熟练而迅速，我想她是带着情感的，要将这些浑圆的果实留下。

大姨用狗尾巴草扫我的鼻子喊醒了我，她应该钟爱这天将亮未亮的时刻。

几个大化肥口袋装着高粱，她撕了几根布条将口袋的口子捆得死死的，咬牙将它们抬上背架，蹲起身背着就往马路边走。她说收高粱的来得早，得早点儿去排队，让我跟在后面给她打手电筒。

月亮似乎躲进云层里了，大姨在手电筒照射的光束里加快了脚步。

大姨爹身体不好，就爱砍些竹子回来堆在坝子边上晒，一闲下来就坐在堂屋外的木凳子上，拉来胶水管将它们冲洗干净。用刨刀一点点将竹筒翠绿的外衣刮下来，再用篾刀切割成儿等分。等我挥手打尖嘴蚊回过神来，宽厚的竹片已经被姨爹刮成了薄薄的大小不等的篾片。

竹篾在他手里交替穿插，镂空的框架慢慢有了背篓的形状。

也不知道他是不是对竹编情有独钟，月亮从云朵里溜到他发黄的汗衫上，鬓角的白发与皱纹随着他的双手摆动，一点一点地生长着。我想提醒他，可以休息了。可他眼里只有那篾刀，以及簸箕、竹篮子、笤帚……

明早要赶场，他说他要把这些物件儿卖了，换苞谷酒和新鲜猪肉。

"你在发愣些啥子？娃儿咋憨憨的？"

大姨不知儿时站在我的身旁扯了根水管，让我为这几亩的红薯地浇水。

瞌睡尚在身体里徘徊，紧紧握着那根冒着水的管子杵在红薯地里打着哈欠发呆，好似竹林里的那根脑壳尖尖，身子粗壮的笋儿，莫名就参与到这一片模糊的摇晃中来了。

看不清脚下的路，看着有黄色的空隙踩下去，有泥土沾在鞋上，那就对了。水管被我拖得老远，影子在月光下一会儿长，一会儿短，像一条细细长长的水蛇在我手中翻腾着，吐着芯子。待清醒些，大拇指按在管子出水的地方，流动的水瞬间如同烟花一般喷洒出去。

手不小心朝天上扬了下，水花化为细雨洒在身上。透过水花，此时月色在眼里有了涟漪，一层层荡漾开来，沾染了水汽的月亮变得更为神秘。

周围还是一片静寂，除了偶尔跳跃的影子，以及那片墨绿竹林和红薯藤悄然散发出的野草味儿，似乎一切都充满了未知。心里升腾出一种无法言说的美妙，站在那儿，反复让水花落下，让凌晨四点的月色停留在脚下的泥土之中。

岭南有雨
——读《山谷那边》

喝了两杯凉白开，我在发呆。

外面似乎下着小雨，冷气从未完全合拢的窗户缝间溜了进来，窗帘也跟着飞舞起来，一层浅绿一层米白，似古典美人翩翩起舞。两只一大一小的猫咪在我脚下窜来窜去，小朋友们在桌旁跟着视频学折纸飞机，时不时望望我，再悄悄地讨论些什么。伴随视频里浅浅的背景音乐，我是如此的满足。

这是一个令我心安的时刻。

用发夹把刘海通通固定在脑门上，没有一丝头发可以干扰我了，才满心欢喜地捧着谷万华老师的《山谷那边》坐了下来。

翻开首页就是谷老师的墨迹："请罗淑英文友惠存，那山那谷那片情，写物写景写人生。谷万华，2021年12月8日。"字迹娟秀、潇洒，给人不润不躁的美感。

书分为三部分，诗歌、散文、小说。

一篇一篇地翻看着，从《老周》里认识了主人公，作者的亲家——老周，他是如此的幽默风趣，患病时期坚强果敢，经历的生活也如同电影一般精彩有趣。作者描述的细节很到位，情节引人入胜，看到老周因为癌症即将离世，在作者去看他时最后说了一句："亲家，要是能让我再活一年，多好。"我承认，我跟着作者哽咽了。我不是个轻易流泪的人，也许是因为曾看着亲人因病痛离世，也许是因为朴实的文字使我们共情。

突然，很感谢渺茫的宇宙中存在文字，它让我们可以跟着作者一起去她的世界，看到她身边的花花草草、细雨斜阳，认识她的家人、朋友，包括声音洪亮、亲切慈祥的老周。

不禁感慨，能在这个庞大的世界里相遇，一起体验过活在世间的苦与乐，彼此陪伴过，即使没有来世，也能少了些遗憾吧。

谷老师似乎对雨有别样的喜爱，九篇散文，就有两篇是对雨的描写。

《细雨》对岭南的雨进行细致的描写："暴雨袭来时那一阵疾风骤雨、狂轰滥炸，不时还伴有蓝色的闪电和隆隆的雷声，大有要摧毁一切的架势；大雨挥洒时那一派恣意汪洋、畅快淋漓，这是要给大地来一次彻底的洗礼，给万物来一次透彻的清洁……"

雨中景象描写到位，读时仿佛身在其中。"一群孩子起先没有察觉，等淋到半湿硬是不肯躲雨，就这样光着头赤着脚，在雨中追逐嬉戏，他们跑着跳着、笑着乐着、喧闹着、欢叫着，那么快乐。对，特别的快乐！年轻的妈妈们先是带着宠溺的眼光任由他们玩乐，后来有两位按捺不住自己也加入进去，先是像孩子一样跑着跳着、笑着乐着，后来干脆也赤着脚仰着头，舒展着双臂，大声呼喊着，彻彻底底地接受大自然的洗礼了。"

儿时淋雨的记忆跟着文章再一次回到脑海。雨，洗涤万物，同时，洗涤我们这颗经历生活的万般无奈，带着些许沧桑的心，让它重焕新生。

我们常常通过穿着、谈话、表情去了解身边的人，而对于素未谋面的文友，我总喜欢透过他们的文字或者语言表述去认识他们。从言语里去构建他们的思想、他们的憧憬、他们的心胸，我看到的就不仅仅是一张皮囊，而是那个人最核心的部分。

谷万华老师的文字有感染力，文章时而朴实动人，时而翩若惊鸿、婉若游龙。再次感谢谷老师从千里之外邮寄过来的书籍，有书可看，有文字共享，实属人生一大乐事。

冬天来了，珍惜身边每一位温暖的人吧。不要忘记给予他们一个微笑，一句暖心话语，感恩文字让我们相遇。

天渐渐黑了，夜晚就要来临，关上窗户，把暖气打开，听见岭南的雨声，疲惫的脸上隐隐约约开出了艳丽的花。

随 笔

贾平凹在《说奉承》里写到他参加大会，七十多岁的老太太们的证件照都是二三十岁时的照片，读到这儿有些说不出的错愕。父亲每月染发，但还是会从根部长出新的白茬，母亲反手在腰椎贴膏药，吃力又隐忍。除了感叹时间的无情，更多的是心疼。

人都会老去，没有人会永远二三十岁，我进而开始理解这些老太太们。

我们都在老去的路上，也恐惧面对老态龙钟的自己，但更重要的是过好当下每一天。老了，是和同样年龄的朋友、亲人、爱人一起老去，也不全是恐怖的。

友人在朋友圈说："昨夜弄丢了我，真担心被人捡到。"

我问她经过一夜是否找回了自己。

她说："一夜翻来覆去找遍所有地方，至今还没找到！"

我告诉她，吃顿好吃的，慢慢地找。

其实，我们何尝不是一边走一边弄丢自己呢？过去的自己，随着细胞的新陈代谢，还残存多少呢？唯一能肯定还存在并且延续的是这一路走过来的思想，那个内在的自己。

找回自己，与其说是找，还不如说是怀念，怀念曾经某个阶段的自己，是浪漫的，也是令人惆怅的。很多时候找的也并不是曾经的自己，而是曾经的自己重新带给现在的，又一次衍生出来的温暖和心动。因为此刻的缺乏才会想念，而堵住缺乏的方式，至今还未找到。

在每一段短暂的时间里寻回零散的碎片，再去拼凑组装。不过令人遗憾的是，再怎么拼凑也不再是那个最完整的自己了，我们要一边丢失，一边成长啊！

取下无名指和中指的两个指环，放在书桌上叠起又分开，听它们碰撞，叮叮当当。

练字也会走神，书桌上的孔雀蓝墨汁倒了，染上纸巾，不断漫延开来，速度在一分钟后慢了下来。不知何时，右手小拇指也留下了斑斑点点的墨渍。挤着墨囊，一不小心，一滴墨滴到了右手心。比起纸巾，在我手心的墨汁明显流动得缓慢了许多，它沿着我的生命线和智慧线移动着。

手上有一道疤痕，在左手食指和大拇指之间，长长的。记得是高一时院子里的桃子熟了，红得娇艳欲滴，扑鼻的桃香吸引着我，兴致勃勃地摘了一个，跑进厨房，放在掌心，就像往常一样用水果刀切下去，桃子滚了，刀切到手上。当时疼得我不知所措，血冒出来流在睡裤上，泪水在眼眶里打滚。父母外出，家里无人。我用纸巾缠在伤口上，血很快渗透了厚厚的白色纸巾，我又把止痛药用啤酒瓶研磨成面，撒在口子上，一路跑到诊所。

我想，完了，以后手会不会动不了了，会不会成为残疾？最主要的是，为什么母亲在我最难过的时候都不在？

长大了，疤痕还在，遇到的问题也越来越多，不再需要每个问题都向父母报备，不再像小时候那样在他们面前随时掉眼泪了。遇到再严重的事情，因为会怕他们担心胡思乱想影响身体健康，就只是藏在心里去自我消化，自己解决。

父亲为了让我的背保持很直挺的状态，从小便让我睡硬板床。大学时想让我去当兵，可那时我尽管每餐大口吃饭也才一米六出头，九十斤，在同龄人看来很正常的体重，父亲却觉得太瘦了，手无缚鸡之力，直到毕业了还是一副柔弱的模样，也就没再提了。

楼下的油炸土豆总是缺点什么，想起去威宁看草海的小道上，摆了几个小摊，有烤红薯、巴掌大的苞谷粑，还有拳头大小的洋芋。

　　十米远，就被熟悉的烤洋芋味道吸引了。是的，我太熟悉这个味道了。洋芋、土豆抑或是马铃薯。不管我们叫它什么，这种生长在世界诸多角落的食物，在我们大多数人的一生所食中占有重要位置。

　　站在烤摊旁，静静地看着老板慢慢地、一个一个地翻烤着它们，甚至觉得老板的动作已经熟练到不用看时间，大概隔多久就知道该翻一翻了。他翻着烤架上的食物，就像阅读自己喜欢的书籍，似乎躺在摇椅上晒着太阳看完一页又翻到另一页，偶尔用手遮挡一下光线。不时有火剪和烧烤架子碰撞的声音传出来，也有洋芋嗞嗞的裂皮声，异常享受。

　　现在想想，楼下的炸洋芋并不缺少什么，而是自己在清晨白雾环绕的草海边上，有候鸟低飞，在那里见证了一位老板闲情逸致地烤着他的洋芋和苞谷粑。

榕树在北

五月初，作协的作家们相约前往乡镇采风，我被分到一个相对较远的乡镇。

一路上，除了庭院长满杂草的老屋，坝子里午睡的看家狗，连绵的峭壁，就只剩下车窗外卷起的厚厚尘土。

车辆进入两岔村的时候，我还在太阳的光影里昏昏欲睡。

"这儿是两岔村，在我们三合的东边，这个村子出人才……左手边有座庙，那里有棵榕树，就是黄葛树，大得很……"村支书的声音在正午的风里飘荡着，而我只听进两个字：榕树。

"可以带我们去看看吗？"神经紧绷着，视线随着村支书的手指往左边山腰张望。远远望过去，只有一条两米宽的白色水泥马路像条巨蟒盘旋在我们的脚下。

"想去我就带你们去。"

山路一直向下蜿蜒，有一条干涸的小河，小河或许将最后的河水献给了这方圆几百里的草与树，这才露出了铺满河底大小各异却格外圆润的鹅卵石。心心念念的那棵树，就矗立在距离这条干涸小河大概一百米的堡坎上，如一团烟雾，缥缥缈缈。

一簇簇绿油油的枝叶从远处缓缓进入我的双眸，让我的心在莫名的情绪里不停跳动，是喜悦、震撼、感动吗？不知道，说不清也道不明。

踏上小径，夏枯草丛丛，苦蒿迎风抖动身子，地上爬满野地瓜藤条，呼吸开始轻快。我敢确定，我们正从那棵大树万千条的根系之上去寻找它。

它就在前方，在我视野的左上方。湛蓝天空中，月牙形的云朵浮动，它还是静静地迎风站立着，模样如此熟悉，似一位老友穿上柜里最崭新的衣裳，在那里久久地候着多年未见的归人。

　　远远望去，硕大的树冠撑开，枝繁叶茂，树枝垂落于堡坎下，与墨绿的野草融为一体。树缝与树缝之间塞满了五月浩渺的天空，树干处隐隐约约透出寺庙红白相接的墙头。哦，原来，寺庙就藏在那树下。

　　向着粗壮的树干走去，干枯的落叶堆了厚厚一层，一片摞着一片，或蜷缩着，或伸展着，双脚踩下去就是嘎吱嘎吱的清脆声，一步一步，不知不觉就有了安全感和治愈感。

　　走近它，仿佛走进了一个熟悉的世界。是的，连呼吸都开始热烈起来。它的根部除了深入土地，还留了一截盘在地面之上，如同长者的胡须，严肃中流露着和蔼。它强大的脉搏带动着我的血液在跳动。

　　"怦怦，怦怦……"

　　这棵树分成两根粗壮的树干各自向上生长着，似一对热恋的情侣不离不弃，又似两兄弟手足相连。树上挂了块绿色的古树名木保护牌，记录着这棵树的年龄，整整两百年！

　　榕树的前方就是村支书口中的保丰庙，小庙被涂上了朱红、瓦蓝的新漆，在这棵树前显得朝气蓬勃。

　　"诶，你们别看这庙小，新中国成立前周围的村民都是来这里祈祷和平的，那时候打起仗来没吃的没穿的，人们过的都是穷苦日子哩，才给这小庙起了保丰这名字。"确实，在小庙的悬梁下大大地书写着"保丰庙"三个大字。

　　"幸好咱们党领导军队打了胜仗，换来了和平，现在村民来这里都不求吃穿了。"

　　"那都求些什么？"我好奇地问。

"他们啊，来就是求求姻缘，顺便来这棵大榕树下纳纳凉。"

　　"哈哈哈哈……"我们几人会心一笑。

　　我也学着榕树的模样，端坐在一旁的石阶上。树下影影绰绰的斑点照在地上，不断地变圆变窄又消失。抬头，枝丫伸展，郁郁葱葱，叶子密密匝匝地遮盖住小庙的琉璃屋檐，落了一层融化不开的阴影。伴随着鸟群来来去去，在初夏的榕树下飞舞着，我之前的烦闷一扫而空。没想到，一棵树居然有如此意想不到的疗愈效果。

　　临走时，我将头顶的棒球帽摘下，朝它深深鞠躬。

　　如果向往温暖的阳光，清脆的鸟鸣和湛蓝的天空，它的根须就必须延伸至黝黑的土地之下，扎进坚硬的泥土之中。当它竭尽全力向上伸展自己的枝干，那么成为一片绿海就只是时间长短的问题。

　　多年以后，还会记起，黔地，有一个叫三合的乡镇，位于仁怀北部，乡镇尽头有一个村落，名为两岔。那里有一座叫作保丰的庙宇，庙很小很小，它的左前方有棵粗壮的大榕树，它在尘土里站成永恒，鸟儿在它洒落的阴凉里啄食，路人在它的注视下闭眼祈祷，地上积了厚厚的落叶。寒来暑往，年年岁岁，它一直守候在那里。

世界没有荒芜

在美容院待了一小时又五十分钟，离开时已是晚上八点二十分。

街角不似往常热闹，大概是天气冷了的缘故，唯有汽车轰隆隆来，轰隆隆去。

出租车停在我的眼前，我让它先走。我想慢慢地，一步一步地走回家。

馨天地那家炸土豆的店铺还开着，他们家的生意一直很红火。

点了一份土豆泥，一张洋芋饼，一个芝麻球。

老板是个和我年龄相仿的小姑娘，她很热心地把芝麻球和洋芋饼热好放在我的手心，让我自己放辣椒。

我在洋芋饼上撒了一些辣椒面，轻轻地抖动，让辣椒面均匀地撒在了整个饼面上。

但并没有先吃掉热乎乎的洋芋饼，而是吃掉左手握着的芝麻球。

芝麻球上裹满了大大小小的白色芝麻，一嘴咬下去会发现它里面是空心的。不过我却很享受这种似有还无的感觉，糯米带着芝麻的香味在我的舌尖弥漫，可以再来一个。

我就这样带着一张没有色彩的脸在街头轻轻地、缓缓地走着，绾了个低低的丸子头，身上穿了件藏青色的呢子大衣，及膝黑色长筒靴。因为有会议，穿了一身我不太喜欢的深色。

可能我已经忘了自己现在已经不是从前那个还在读书的小女生了，路过的人总会多看我两眼，不过不影响我继续哼哼唱唱、蹦蹦跳跳。

发丝在夜晚的风里起舞，手里紧紧握着喜欢的零食。走一步吃一口，走一步吃一口，很是满足。

记得十几岁的时候，有个人对我说过，女孩子走路的时候最好不要吃东西。那个时候我就很奇怪，问他为什么，但他始终没有告诉我原因。

当然，这么多年过去了，这个习惯我依然没有改掉。

在吃完芝麻球，咬下土豆饼的刹那，就在那几秒钟，我忽然想起了高中的生活。

那时候上完晚自习，和同学们一道走在回家的路上，很多时候我们也会买一点路边的小零食，一边吃着一边聊天。不知道是我今日走得慢了还是说那个时候更快乐些，似乎那时候的路更短些，以至于从未去在意过那段回家的距离。

这路上的每一家店铺，每一块人行横道的地砖，地砖下面的水坑，甚至那家回收废品的店铺，我都记得好清楚。

废品店没有招牌，有些破旧，屋外停了一辆小卡车，卡车里堆满了层层叠叠的纸壳。卡车下面放了一个巨大的蓝色袋子，里面装满了数也数不清的饮料瓶子。那些饮料瓶子在里面没有动静地躺着。或许下一次再见到它们时就换了另一个可爱的模样。

废品店里有啤酒瓶，摆得整整齐齐，就像屋子主人用瓶子在下棋一般。

我走一步，这时间就少了一秒。可是我每走一步，都是开心的。

夜生活已经开启，三五成群的年轻人拥进烧烤店、烙锅店，来得早些的已经开始喝红了眼，我的眼也在路灯隐隐约约的光里不小心被染红了。

朔风已去

当窗外朔风凛冽，喧嚣渐渐褪去时，为自己续了一杯浓茶，用瓷杯的声响叩醒即将入眠的夜色。

留了一束橘黄的光，要把最安静的时间留给自己，留下一丝温暖，在三十岁来临之际。

问那件穿了四年的粉色卫衣，那个一心想要奔赴山海，与星辰共舞，要保持初心，度过一生的梦想是否已经实现？卫衣躺在沙发上，缄默不语。你笑了一下，似乎也无法回答这个问题。

躺在床上反思，如果在某一个关键节点换一种选择，你的路会不会顺利些，受到的伤害会不会少一些，会不会没有那么多委屈，家人是否也不会因为自己而久久担忧，那些影响你一路的烦恼是否也将不会存在？

可是此刻，你太清醒了，即使蒙着被子，还是比床头的那盏台灯清晰明亮。过去终究已经过去，时光就在抬头低头间流逝，就在这一秒，这刚刚过去的一秒也永不回头。

回首过去让你明白，往后的路该如何走，如果再遇见同样的人和事要怎么去避免再次受到伤害。

不过，当你翻开尘封已久的相册。这些年，你和伙伴们从新都桥到理塘，听着许巍的《蓝莲花》，你爬上色达转经塔，双手滚动经筒，虔诚地吐露那些隐秘在身体里的河流和雪花，你开始肯定你一直在梦想的路上，没有偏航，它们也并非镜花水月。

你应该相信，你是如此幸运，有挚爱的亲友，他们带给你的何止是简单的关怀，你常在吃到一颗香甜的草莓或者看到一朵有趣的云时，想到他们。

岁月的回报，无非是把你澄澈的双眼蒙上一层浅薄的雾气，它让你学会把大多数事情化成点点灰烬，不等风来就随着时间消散了，让你在语言和语言之间、人与人之间逐渐认识自我。很多时候，你开始收回开口解释的冲动，不因那些不重要的事情和人较劲了。也许这就是成长吧，朋友和你讨论时，你只是笑。

多出去走走吧，你经常对自己说。你还是会像小时候一样，盯着一片绿色的树叶观察很久，看它的脉络、渐变的颜色、是圆滑的还是钝感很强的叶尖。看见稻田里散落的野花，会蹲着埋下头闻一下，和喜欢的婆婆纳对比。偶尔摘下一两朵夹在书中，这样翻开那本书就会想起曾经在那块土地上坐了一下午。

喜欢大树啊，它们那么委婉，一年四季都在默默地收集风声。那些树下的人，他们跷起腿吞咽茶水，摇晃着的蒲扇和絮絮叨叨的家长里短，是风声的一部分。大树下，风呼呼地吹起头发，灌进耳朵，买一串只有六颗山楂的糖葫芦，脱了鞋躺在吊床上眯着眼睛，摇晃着。

苦涩时，在抽屉里多放几颗糖果吧。水果味儿的、小白兔奶糖味的都可以的，甜的就好。不能避免的难过太多太多，不可让过得辛苦的感叹遍布黎明的空气，难过了就吃一颗糖，一切的不好都会慢慢有所转机的，会好的。

回到老家的傍晚，爬上屋顶，路过阁楼的时候看见了儿时的众多玩具，它们披着尘埃躲在破旧的纸箱里，似乎在等待着什么。把它们拿出来，放进那口已经豁了口的锑锅里洗干净，再把它们一个个排列在最接近月光的栏杆上，一遍遍抚摸曾经玩过千万遍的铁滚圈、打结的皮筋、碎布沙包、绿色大水枪。忽然之间，有些哽咽，说不出来为什么。

你大概是十分感性的。

常感时光易逝，要做的事情太多太多，何必焦虑呢？世间万物都是一朵随时会凋零的霜花。为什么要失望？终此一生，每一个人只是生活在这个星球之上的小小蝼蚁，来来往往地搬运食物，无心欣赏沿途的风光，搬着搬着，就成了老蝼蚁。

你豁然开朗，庆幸时间还够，还来得及，即使重新开始，也没那么可怕。

你终是对屋外的花花草草一往情深，念念不忘。有文字伴你左右，在喧哗之中回到稻田，回到儿时的课堂，回到渺无人烟的森林，回到母亲的怀中。

风已经过去太久了，留恋风的时间已经够多了，不要沉眠。

未来太远，过去太迟，时间能创造一切，也能泯灭一切。阑珊灯火，年华如此易逝，何不成全岁月的遗憾，昂首阔步，就这样继续保持初心过完这一生！

四月寻宝记

　　四月的清晨，大地撕开薄薄的雾气，一束阳光倾泻而下，顿时天朗气清，层峦叠翠。啁啾，清脆婉转的鸟鸣从绿荫中传来，开启了美好的一天。

　　母亲几日前便打电话来催着我们回老家，说这几日田里野花开得正好，叮嘱我们不要错过了这难得的花期。

　　人家都是赏桃花、樱花、海棠花……母亲却和他们不太一样，打小就爱野花野草。

　　想着花开正有时，莫负好时光。给孩子们换上衣裳，就迫不及待地驱车前往。

　　一路上，孩子们兴奋不已。

　　"妈妈，你看大树！"

　　"妈妈，它们的叶子好大啊，比我的手还大。"孩子们张开小手掌比画着，双眸里闪烁着好奇。

　　高楼大厦在后视镜中不断倒退，低矮的小二层建筑渐渐映入眼帘。干净的柏油马路，路两旁整齐地站立着两排高耸的梧桐树，阳光从郁郁葱葱的树叶缝隙中洒落下来，细细碎碎、斑斑点点。

　　车窗摇下，微风趁机涌了进来，拂过脸庞，脑海里瞬时浮现出"晴空万里碧如洗，微风拂面柔似水"的诗句来。

　　人还未到达，心已然沉醉。

　　拐了几个弯后，远远地就看见母亲候在路旁。看见是我们，忙放下手上的锄头，迎了过来。

"外婆！"小宝轻轻地叫母亲。

大宝则轻轻在母亲脸上吧唧一口。

"今天外婆带你们寻宝。"母亲笑得合不拢嘴，眼角的褶子更深了些。

土里，遍地婆婆纳，一朵接着一朵，一茬接着一茬，好似给这片土地铺了一层蓝绿相接的碎花毯子，又仿佛浩瀚宇宙里闪烁的蓝色星辰，拥有巨大能量，吸引着我们不断凑近它们的脸庞。

每一朵婆婆纳都有四片花瓣，白色、粉色或蓝色。而在我们贵州，以天蓝、蓝紫居多。四片花瓣，湛蓝的纹路由上往下延伸，三片深蓝色，一片浅蓝白色，底部则是白色。三根花蕊，正中间的粉紫花蕊细短些，旁边两根稍显肥壮，头部顶着两个球状的柱头。

婆婆纳的花朵很小，小到你不仔细观察，就会忽略它们的存在。但就是这样的小花儿，以生生不息的生命力装点着这片广袤的土地，装扮着这个灿烂的季节。

母亲沿着婆婆纳生长的方向割了四五把婆婆纳，绑好放进小背篓里，孩子们叽叽喳喳地抢着要背。

来到田埂上，蒲公英已经盛开了。它们的叶片不像初春时紧贴根部，而是向上舒展开。叶子边缘有倒向羽状深裂，类似锯齿波浪。茎秆细长，顶着一朵亮黄的小花儿，与刚刚绽放的向日葵颜色极为相似。

"外婆，蒲公英的血液是白色的！"大宝如同发现宝藏一般，把手里掐断的花茎送到母亲面前。

"是的，它们就像人类一样，也要输送营养，但是这些白色的浆液不仅没毒，还可以祛除瘊子哦！"母亲耐心地解释着。

"为什么要祛除猴子？外婆，不能祛除猴子！"小宝紧张地拉着母亲的衣摆。

我与母亲相视一笑。

雨水冲刷后的蒲公英显得格外干净清爽，我学着母亲用镰刀轻轻剜下那些还未来得及长茎开花的嫩苗，孩子们则用一片宽大的青菜叶子把嫩苗包裹起来。

母亲又带着我们来到小河边，清澈的河水缓缓地流动着，碎石鱼虾在水中若隐若现，水声潺潺，恰似这片土地沉睡时的呼吸。

母亲指着沙石滩后面的植物让我看，是紫云英。

盛开的紫云英被长长的茎梗撑着，像一朵小巧的重瓣莲花。单朵紫云英并不引人注意，而成片的紫云英则如广袤天空的紫色云彩，绚丽又令人心旷神怡。

紫云英全身是宝，嫩茎叶可以做菜，花朵是蜜蜂们钟爱的蜜源，连枯萎了也是天然的肥料。

儿时总爱把田里的紫云英摘下来带回家，然后把它们一根接一根地串起来挂在水泥墙上风干，花朵依然是紫色，也不会掉落。即使冬天来了，万籁俱寂，它们还是保留着原始青草汁液的味道，让屋子不至于那么冷清。

晌午，背篓早已装满了各类野花野菜。

孩子们围着母亲问："外婆，宝藏呢？"

母亲微笑着指了指背篓道："这里面装的就是咱们寻找的宝贝呀！"

婆婆纳、车前草需要晒干入药，柳芽清洗晾干泡茶。

母亲拿出蒲公英，将叶子一片片撕下来，放进淡盐水里浸一会儿，又用凉水清洗，反复清洗几次后把水分挤干，再切成小段放入盘中，倒上酱油、醋，撒上蒜末、辣椒面、细盐、鸡精，最后再加一点刚挖回来的野葱末拌匀，一盘凉拌蒲公英就做好了。

荠菜也是洗净，然后焯水，剁碎放入肉馅中，母亲还拿来一个土鸡蛋敲碎，和在里面，又添了香油、盐、姜末搅拌。母亲说荠菜焯水剁碎后有点干涩，土鸡蛋可以让馅变得鲜嫩多汁，其余调料不用太多，要不然会抢了荠菜的香味。馅料适量放入饺子皮中，捏紧包好，水烧开，饺子入锅。

荠菜肉馅饺子还未出锅，浓郁的香味就扑鼻而来了，孩子们眼巴巴地看着灶上的锅沸腾着。

鱼鳅串、柴胡、灰灰菜用淡水煮，再用本地辣椒面、花椒面、豆豉、蒜蓉、葱花、折耳根、盐、酱油，再加一勺素汤，即可调制出一碗风味独特的蘸水，就可以开饭了。

凉拌蒲公英，令人胃口大开。把它在蘸水里打个滚儿后放入口中，鲜美爽口，野菜的味道让人回味无穷。饺子皮薄薄的，孩子们张开小嘴儿一咬，里面鲜美的肉汁便流了出来。嚼着那爽滑鲜嫩的荠菜肉馅饺子，停不下筷子，一个接着一个往嘴里送。

母亲告诉我，野花野草同样是大地的孩子，只是它们习惯了默默无闻，在地角旮旯、荒野、河畔生根发芽，它们配合着绚烂的四季，在风中摇曳，释放属于自己的清香，使得这片土地变得绚丽多姿，给世界增添了不可或缺的魅力。

母亲从小就在我心里种下了一颗种子，使我在时间的空隙里，无时无刻不在关注那些微小却伟大的生命。现在，我也开始给我的孩子们播种，期待着有一天种子破土而出，多年以后长成参天大树。

已是黄昏，伴随着深深的眷恋和不舍，孩子们上了车。

夕阳的余晖染红山脚的村庄，一头老牛在池塘边低头吃草，它咀嚼的时候，时间仿佛停了下来，为它镀了一层温暖的颜色，连同母亲握在手里的镰刀，扛在肩上的锄头，还有这片生机勃勃的土地。

夏日尘埃

有时我会怀疑季节，比如现在，明明快六月了，空气里还是带着凉意。父亲让我穿件外套，他说今年有闰四月，夏天会迟到些。

迟到，只是时间晚点，但是都会到的。

木屋的后檐沟旁长了几棵低矮的桃树，青色的桃子覆了层浅浅的茸毛，再过些日子，两三岁的娃娃就可以踮起脚摘来吃了。

说到桃子，就会想起桅杆那棵老桃树。

那棵桃树从我记事起就一直在那儿了，扎根在老房子旁的一条窄窄的过道下，歪斜着生长了十多年。桃花才开的时候，我们就开始惦记了，小伙伴们喜欢完整的没有缺口的毛桃。而那些桃梗处有斑点，熟透后炸开来看得见里面的红粉果肉的"坏桃子"，却是我最喜爱的。

不在乎桃子是不是有几道口子，也不在意它们的果肉是否裸露在外，只要吃起来有满口的桃味儿，就足够了。

桃树上的叶子沙沙作响，我们跳下树干，三五成群，迎着车辆滚滚而过扬起的灰尘往学校奔去。上学与放学的路并不长，可因为布满新奇事物，那条不到三公里的路则需要走许多时间。

离学校一公里左右有个松林坡，我带着小伙伴们去那里找"酸汤秆儿"。这是一种类似大黄的植物，把叶子撕掉，吃它的秆子，嫩秆儿嚼着嚼着就有酸酸涩涩的汁液滑入喉咙。沿着马路牙子的石崖上冒出一簇簇蜜桶花，踮起脚折下一串串插进书包侧袋里，张开嘴巴就开始吸这些花儿的蜜汁。

灌木丛会突然窜出两只红冠黑颈的野鸡，似乎被惊吓到了，扑腾着翅膀跑几下就飞走了。待它们飞远，轻轻扒开那几株野马桑，有十来个野鸡蛋躺在窝里，颜色深浅不一，拿在手里还带着温热。一人分了两三个兜在衣裳里，兴致勃勃地带回家去，仰起脸给母亲讲述怎么寻丝觅迹地发现了这几颗圆滚滚的蛋。

石子路上被轮胎磨得光滑的石头特别吸引人，特别是那种白色的石头，在太阳的照射下微微反光。我们称它们为"仙线石"，这是方言，星星石头的意思。

把这些石头一块块挑出来，大小一致的留下来，玩捡子儿。四颗石子在手心手背上来回切换，一颗扔出去，趁机在地上把另外三颗扫进手里，双手要很灵活才能玩得久。

考验双脚是否灵活，可能就是跳皮筋了。最先开始跳这玩意儿的是堂姐，她们把伯娘不要的健美裤剪成一段段然后打结。母亲的健美裤迟迟坏不了，所以我无法制作自己的皮筋。后来想了想，有弹性的绳子不都可以吗？那裤腰处的绳子也一定行。我就把几条裤子拆了，扯出来几条。接在一起还是不够，又发现母亲晾在李子树上的内衣，那内衣带子似乎也有弹性，也就拿起剪刀开始剪。

东拼西凑，终于能拉上小伙伴一起体验我的特制皮筋了，不过还没跳起来就被母亲逮住，后果可想而知。

表姐们喜欢别人家田坎上的杏子树，特别是下雨天，可能是下雨天没人会管几个在雨里嘻嘻哈哈的孩子吧，尽管她们是去摘并不属于她们的杏子。

她们把灰色化肥口袋折了折，当作雨衣套在我的脑袋上，凉鞋进了水，又被我提起脚甩了出去。雨水顺着瓦片从屋檐流下来，表姐们咬着嘴唇抬起长长的竹竿打杏子。掉下来的杏子比一元硬币大不了多少，一个个黄澄澄的，透着光亮。我提着小口袋在树下跟着掉落的杏子乱窜，杏树下的雨淋在我的雨衣上，灌进几个脚趾中又一股股冒出来，表姐说我像一只可怜的小刺猬。我挑了个大的杏子在衣服上蹭了下塞进嘴里，这杏子的酸味远比甜味多得多，吃一口得皱好久的眉头。

　　儿时的记忆如野草一般坚韧，荒芜了又冒出新芽。一棵山梨树，一碗开水冲的糯米粉，一场雨后苞谷林里刚冒出头的鸡枞菌……它们是飞舞的尘埃，从过往的岁月里轰隆隆穿越而来，如同阳光一般清晰地照耀着我们，又静悄悄地隐匿在每一个关于夏日的睡梦里。

鹿回头的雾

　　"鹿回头讲的是黎族的一个爱情故事。"导游丽丽举着藏青格子的大雨伞，站在右手旁替我挡了挡飘过来的细雨，小喇叭把她的声音拉得细细长长的，有些温柔。

　　彼时，我正望着远处的邮轮发呆。

　　"姐姐是在看凤凰岛吗？那座人工岛屿。"

　　这个我是知道的，前年曾在那座岛上小住过几日。清晨和黄昏，太阳会准时从海面上升起，又落下。橘色余晖倒映在海面，似金黄的蛋液打翻在偌大的盘中，随着波涛来回涌动。

　　不似现在，那时的空气燥热得多，公园里草木初盛，穿着碎花短裙还是热得只想躺在泳池中央。而此刻，细雨倏然落下，雾气低沉，笼罩着紧挨海面的低矮山头，凤凰岛的地标建筑五指大楼也被这层薄纱似的雾气缠绕。

　　"在三亚很多年了，但我只爱放晴的鹿回头，这种天气太朦胧了，被网住了似的，扯都扯不断，甩也甩不开。"

　　我笑笑，这个比喻是与众不同的。

　　丽丽继续说："古代英俊的青年猎手追赶着一只坡鹿来到南海之滨，无路可退之时，坡鹿回过头变成了美丽的黎族少女，两人一见钟情，相爱结为夫妻并定居下来。这个神奇的传说吸引了无数有情人前来祈愿打卡。"

　　果然，湿漉漉的路上都是执手而来的情侣。

"姐姐，你看这个铁西瓜。"丽丽指着挂在树上的几个墨绿色球状果实。

真有趣，刚打算伸手摸摸这种从未见过的水果。"它不能吃，掉地上会爆炸的。"丽丽迅速拉回我伸出的手，又向我介绍了龙血树、猫尾木及马万祺先生的诗……

"姐姐，你说铁西瓜知道自己不能吃，没有什么价值，那它还会费尽力气地长那么大吗？"

"但它被我们观赏也是价值啊。"丽丽把小喇叭的麦关了，又认真地说。

眼前这个女孩儿，明明不是想提这个问题的。

"有一天你与喜欢的人分开，你会怎么做呢？"

鹿雕下，丽丽小声问我，她的眼睛里似乎有一层迷蒙的雾气。

这个问题问得让人有些猝不及防，我愣了好一会儿。

"如果是喜欢的人，我会尽量在彼此在一起的时间里对人家好些。"

"可是不是所有人都能理解你的付出，他们也许觉得这是你应该做的，然后习以为常。"丽丽抬头看着青年猎手雕塑说。

"你想说他们会不懂得珍惜，对吧？我也曾觉得许多人总是在被爱的时候肆无忌惮，但我始终觉得他们要怎样是他们的事情。我们要做的就是尽量不给自己留遗憾，想念的时候就说出口，拥抱的时候热烈些。事情发展不是自己想要的，就早点抽离，不把时间放在无谓的争吵内耗中。"

"那如果还是分开了呢？"

"这世界上没有谁可以永远陪着谁，要学会庆幸拥有过在一起的美好。不管是什么样的感情，只要用心了，那该遗憾的人就不会是你。这样，你会轻松坦然得多。"

"可我还是难过。"

"难过也是正常的。面对不愿接受却无能为力的关系，我会抽时间悄悄发点疯，吃特辣的土豆或甜到发腻的爆米花，喝让人微醺到口齿不清的果酒，买喜欢的手表、包包、化妆品，随便看一部电影，或者像这样，站在雨里清醒一下。"

我从格子雨伞里走出去。

"总之就是走出去，心也好，身体也好。淡然和笑容大概会持续一两天吧，时间长短不重要，能度过每一个困难的节点，学会在斑斓世界里稳定情绪，然后接受所有的事与愿违、背道而驰，于我来说，已足够了。"

"姐姐，置身事外可以轻描淡写，但是深陷其中，要走出来谈何容易呢？"

是的，谈何容易呢？

时间到了，坐上回程的观光车，和丽丽挥手说再见。

风穿过纽扣的缝隙，衣裳被灌得鼓鼓的，头发朝反方向恣意地飞舞着，观光车从山顶穿过层层雾气，从细雨的包裹中冲出来。一不小心带动了路边的树梢，风挟着雨水滴落在脸上，一瞬间耳朵和双眼就冻红了，这时才有些理解料峭春寒这个成语的含义。

我明白，这一次有人将雾气留在了鹿回头，雾气散去总是需要时间的，但是有雾的风景又何尝不是种别样的美呢？

风过必有回响

如果有什么可以让我们跨越四十余载，忽略青丝白发，一起去共勉，去感叹，去聆听这世间的草叶伸展，雨雪落下，山海起伏。

我相信，那会是文学。

真正有幸结识陈果老师，确切地说是在一位文友家中。彼时，文友正为女儿举办入学庆典。

陈果老师站在蔺田饭馆的坝子里，背着双手望向远处的山，如同一棵挺直了腰的松树。

神采飞扬，精神抖擞，这是我当时脑海中浮现的两个成语。由内而外地焕发出的精气神让人忽略了他的一头白发。

七月的风夹杂着银杏的青涩弥漫在整个村庄，缠绕着村庄的苞谷秆子，还有来来往往挥动衣袖的人群。

老师们在他身旁，讨论着什么。

"小罗老师，你的《土城印象》我看了。"他忽然向我招了招手。

"陈老师，您好。"我连忙起身走到他的身边。即使我们之前打过照面，但我想，他这样德高望重的前辈应是无法将我对上号的。

陈老师告知我，他将我的那篇文章打印出来分享给家人了。他说，只有纸质稿上的文字，才能静得下心去看。

他的眼睛，一片真诚。

而我，除了感动之外无疑是汗颜的。一开口竟不知该说些什么。比起他老人家的博学，于仁怀经济文化发展的贡献，我简直渺乎小哉！

后来，每一次见到他，他都在向别人介绍《土城印象》，我也从一开始的不知所措到后来的坦然接受，渐渐把这当成是长者对后辈的一种鞭策、一种鼓励。然后提醒自己，莫忘了喜爱文学的初衷，莫因琐事停了笔。

九月中旬，秋霞满天，层林尽染，山川开始变得五彩斑斓。陈老师邀请我们前往他在关田的家中做客。

一进陈宅，一块整齐的菜园子映入眼帘，陈老师站在院子右侧迎接我们，阳光在他的脸上跳跃，他虽一头白发却显得神采奕奕。

他带我们参观他的藏书，整整齐齐的书籍摆在书架上，装了好几个屋子，内容涉及天文地理、古今中外。陈老师走在前面分享着这幅画，那把琴。说到书时，他的双眼发着光，开心得像个过年得到糖吃的小孩子。

书架上的书随手翻上一本就得阅读半晌，我想，要是我来看，得好几十年才看得完吧。

院子里的水果熟了好些，猕猴桃、八月瓜、山葡萄，还有几个将熟未熟的柿子挂在树梢。

在树下多看了那果子几眼，陈老师便索性来到我的身边，踮脚张望，摘了个正红的给我。

"这柿子可以吃了，不涩，小罗老师你尝尝。"陈老师的语言是朴实的，笑容中带着沁润如风的善意。我像儿时一样把刚摘下的柿子在外套上擦两下，咬了一口，别说，还挺甜的。

几人哈哈大笑，随意坐在树下，讨论陈老师家里种的蔬菜，后山的竹笋，再延伸到赤水河流域文学未来的发展。

虽接触过很多企业家，但陈果老师身上却难得有一种超脱的虚怀若谷之感。他对文学的热爱，让他脱离了商人的铜臭之气，增添了几分对世事的淡然，这也许就是人们愿意亲近他的原因吧。

走时，陈老师又给我们每人装了一袋子的书，这是他第三次送书了。他总是用最直接的方式来表达这种对文化沉甸甸的希望和寄托。

返程的路上，和几个要好的文友讨论，未来若没有像陈老师这般支撑地域文学发展的人物引领、鼓舞、支持着大家，将会是多大的遗憾。

文友说，他影响着我们，未来我们也可以成为如他一般的人去影响别人。虽然我们的影响力也许不足他的百分之一，但是胜在人多嘛。于是又是相互会心一笑。

我们在这世上，如同浮萍漂荡，终将淹没于时间浪潮中。如有那么几叶相依，相逢风雨，可诉春秋，亦是无憾。

秋末的月色显得格外皎洁，那月光下的松木影子睡了一整条小路，一阵风吹过，山上的草木摇晃着，马路牙子上的影子也跟着前后摆动，过了好一会儿，树叶与树叶之间沙沙作响。

这回响在我们心里停留着，久久没有散去。相信，文学的传承也会如同这风一般，跨越时空，翻越遥远的山河，在未来某一天的晴空中猎猎作响。

大坝,它在隆冬迎来春风

守 候

群山,锁了一道又一道。有些任性,有些挑剔。

在波光粼粼的湖面上划过的船桨不是木头,是星辉敲打,不容更改的岁月。

左一个弯,右一个弯,掉头。头顶残垣断壁的寨子落下痕迹。

山间侧躺的石头,闻着来来往往的四季,扭过头,又继续沉睡了。唯有守候,是寂寞,亦是执拗。

被大自然整齐剥噬的灰白断壁,一层代表地球辗转,一层隐藏呼啸而过的马蹄声。蛋糕的纹路,砌进一个远古年代,又年轻地活在当下。

燕子缓缓张开翅膀,扑腾在书香岩里。

一只沉默的神龟,背负起整个村子,在半酣中沉入水里,踏进生命的婉约。

彩虹在方圆之中

阳光藏进野菊花,以盛开的姿态,金黄、摇曳。

沁润人心的悦耳声音伴随了一路,山雀漫不经心,拐枣吊着铃铛左右摇晃,欢笑,甜甜涩涩。

青绿橘子的果皮，过分诱人，如同覆盖大地的甘苦。剥开，让所有的汁液，烟花般喷溅，渗入双手沟壑，眼前绽放一道彩虹。一排牙齿嚼下去，眼睛眯起，睁开，再眯起，嘶……垂涎欲滴。

如果是一颗鸡蛋，必定是一颗有温度的土鸡蛋。柴火的烟雾沾满红苕与面粉，奢侈而暖和，让受尽折磨的灵魂更加坚定，朝向浩瀚的星空走去。

谁将这方圆布满雾气？谁将雾气化为彩虹？那时，红军来过。

你不曾知晓

没有字迹的匾额在破旧的横梁上，在头颅之上，延续。斑驳的时光不断地解读，是对历史最大的尊重。

一段故事，将过往与当下结合，筑就不朽的文化长廊。在这个摒弃喧嚣的村庄，传承，一代又一代。

执笔的人在时光的荒原里，躬身，便是三百余载。孩子，是延伸到屋顶的牵牛花，脱离俗世。这里的人，渴望花瓣在阳光下，以骄人的姿势，苍劲舞蹈。

带头的人扯起沾满泥土的裤腿，东奔西走。把荒凉的村落，当作家里温暖的炕头，一颗心，寄住在风雨里。孤寂灰暗，日日夜夜，也不曾乱了心绪。终于谱就一曲漫天星辰，散落在春夏秋冬的尽头。

十月，热烈的风在田土间肆意奔跑。红枫的叶子舒展又落下，你不曾知晓。多少个十月，我们在共同庆祝。

那些在反向阳光里跌跌撞撞的青春

Z君说他想L小姐了，很想。

说这句话的时候，我们几个人坐在咖啡店的落地窗旁正喝着咖啡。

他的眼睛泛红，盯着眼前搅动的勺子，头发被他细长的手指抓得有些凌乱。

我们都知道他说的这句话是真的。他真的开始思念那个女孩儿了，那个一蹦一跳，扎着高高的马尾，出现在他面前，问他要电话号码的女孩儿。

一向清高骄傲的人也有想人想得发疯的时候啊，我倒有几分幸灾乐祸，差点笑出声。

那个时候我们在读高二，Z君是我们班的班草，长得瘦瘦高高，面目清秀，非常受学校女孩儿们的欢迎。我们班上和他玩得比较好的有四位同学，而我就是其中一个，对他所有的事情可以说是了如指掌。

一个星期五的下午，我们在篮球场与另外一个文科班打友谊赛，Z君作为我们球队的先锋，几乎每一个三分球都能迎来一阵欢呼。女生们给他起了一个绰号，三分球王子。不过这个王子似乎有点不解风情，女生们给他买饮料或送水，他都不搭理。换作是我，都不会再看他打比赛了。可这些女生们竟然觉得他这样很帅。

球赛结束，我们像往常一样准备去学校旁边的小火锅店，吃个饭庆祝我们班拿下了冠军，其实就是去蹭个饭，Z君是主力，他请客。

忽然一个女孩儿冲了过来，直接站在Z君面前。那是个什么样的女孩儿呢？脑海慢慢浮现出她的模样。

她扎着高高的马尾，苹果一般的脸蛋儿肉嘟嘟的，眼睛水汪汪的。穿着一件简单的白色T恤，让人一见就会感叹这姑娘好可爱、好乖啊！

她拿了一支笔和一小片横格纸，对，就是那种打草稿的黄色横格纸，递给Z君。

"学长，给我个电话号码吧！"

我们几个在旁边看好戏，按这家伙以往的习惯，他会说："没空。"

"没空。"

果然，这家伙改不了这习惯，可怜了这个小可爱了。

"你给我你的电话号码，我请你喝奶茶，好不好？"

"你觉得我是喜欢喝奶茶的人吗？"

Z君抱着篮球就要走。

"我跟我同学打赌，拿到你的电话号码，她请我吃两个月的早餐，拿不到我得请她三个月。我很穷，三个月我得吃土啊！"

"关我屁事。"

"学长，答应我的话，分一个月的早餐给你。另外，电话号码我要求她不对外泄露。如何？"

"答应她，老Z，这姑娘一看就没坏心眼。"我朝其他三个朋友递了个眼色。确实，我们几个这段时间穷得厉害，老Z不吃，我们三个可以帮他啊。

"是啊，老Z，兄弟也好久没吃到过爱心早餐了。"

"给她吧！"

我们几个一起哄，Z君看了眼挤眉弄眼的我们，似乎明白了什么。这哪是挚友啊，分明就是一帮贼啊！

"可以，按你说的，每天早上准时送到我们班。"他接过笔唰唰留下了一串数字。这家伙，以为他不签，我们几个就不会为了那一个月的早餐出卖他吗？天真！

接下来的日子可想而知，我们幻想轮流吃着活蹦乱跳的L小姐送来的爱心早餐。谁知道老Z根本不让我们靠近那份早餐，一拿来就塞进桌子里。

Z君时不时被信息轰炸。是的，他的电话被泄露了，以前写情书表白的女孩们换成发信息告白了。看着他恼羞成怒的模样，我们都有点愧疚。

他还是没忍住，喊上我们到L小姐的班里，恶狠狠地警告L小姐："我答应给你号码，你也答应过不泄露的吧？做人之前先学会遵守承诺吧！"

全班鸦雀无声。

L小姐有点吓傻了，她久久才发出"没，我没"这三个字。

"以后早餐不用送了！烦死人。"

L小姐哭了，泪眼汪汪的，Z君一走，她的眼泪就像断了线的珠子，根本停不住。

当然，Z君没看到，他是气急败坏地走了的。

"学妹，挺住啊。"我拍了拍L小姐的肩膀安慰她。

"L和六班的Z是什么关系？这女的就喜欢去招惹帅哥。"

"是呀，以为自己长得乖，人家就可以对她另眼相看了。"

"哈哈哈，真没有自知之明。"

那些女生落井下石的手段可真厉害，但谁又让老Z长得一表人才呢。

"老Z，也许不是L学妹……"回到教室，我们刚想说出疑惑。

"不要提她！我很烦！"老Z罕见地对我们发了火。

简直莫名其妙啊！

之后，L小姐果然没来送早餐了，生活又恢复了平静。

一次我们几个喝酒，老Z喝醉了，拉着我们就开始大喊L小姐的名字。

原来这小子从初中开始就一直暗恋L小姐，藏在心里没有对任何人说过。

"你们知道她当时找我要电话号码，我多开心吗？她送的早餐我都拿回家当晚餐吃了，一次也没剩。尽管我知道是其他人买的，但那又有什么关系呢，是她送到我手里的，不是吗？"

"老Z，你有病吧？喜欢她还那样吼她。"

"她和那个踢足球的在一起了，那天下午我看见他们在一起听歌，在夕阳下面奔跑，真浪漫啊！"

"十班的X君？那小子什么时候下的手？"

"就是那个脚臭的家伙！"

L小姐的审美有那么差吗？雕塑一般的脸在这里，居然还会看上别人？不过，老Z也从没说过他喜欢她啊，也不能怪人家。

"把电话给我，我要问她，是她瞎了还是我瞎了。"

"打谁的电话？"

"她的电话。"

"我们没有她的号码。"

"我是说把我手机给我！"

老Z的脸红得像个苹果，和L小姐的脸差不多了。

这家伙居然记得她的号码，一串号码不带停顿地就拨了过去。我们识相地将音响的声音关掉。

嘟嘟嘟……

很久很久，我们都以为没人接的时候，女生的声音传了过来。

"喂。"

"我Z。"

"嗯，我知道。"

"所以你和X在一起了？"

"你在说些什么？"

"你是不是和X在一起了？"

"关你屁事！"

我们偷笑，老Z何苦呢。

"行吧，确实不关我事，再也不见！"老Z真是狠人啊，对别人狠，对自己更狠。明明很在乎很喜欢，硬是表达不出来。

"等等，Z，我想对你说几句话，你就当作笑话来听吧。我喜欢了你很久，上次说什么跟同学打赌要你电话号码是骗你的，没人跟我打赌，我怕你不给故意那样说的。你可能不知道吧，那些早餐也不是买的，是我起很早做的。哈哈……是不是很搞笑啊？"

我们听见L小姐的声音在颤抖，是的，她哭了。

"我没有把你的电话号码告诉过其他人，我不知道你为什么突然凶我。她们都嘲笑我，是我傻。以后我再也不会打扰你了，谢谢你给我这个机会让我和你说清楚。"

原来不是单相思啊！看吧，误会别人了，看你怎么收尾。

"口头说着喜欢我，不是也和别人在一起了吗？呵……"

"我不知道你从哪里听来的消息，X是我亲表哥，他爸是我亲舅舅。虽然X他平时对我很好，但也不能诬蔑我们啊！"

噗……

我们几人实在忍不住，狂笑了起来，吃大舅哥的醋，老Z果然是老Z。

"哦，那这样的话，我就放心了。那家伙不适合你。"

"那我适合谁？你？"

这姑娘可真惹人喜欢。

"如果我们能考上同一所大学，不是不可以考虑。"

咦，这人怎么老喜欢添加条件啊！

"好，我一定！"电话那边的声音很兴奋。

"L，你在干什么？"是个阿姨的声音，应该是她妈妈。

嘟嘟嘟……电话挂了。

"老Z，看不出来啊，现在不醉了？"

"请客！"

看着他那副暗自欣喜的表情，不宰他一顿都不行。

"两个月早餐，我包了。"老Z语气淡淡地说道。

后来，高考了，两个人的分数相差无几，可是L小姐还是没能和Z君念同一所大学。她父母悄悄给她报了国外的学校，逼她出国留学。

L小姐说，她爸妈早就知道她暗恋Z君，怕她留在国内会误了学业。

两人虽然不舍，但也没有办法，于是开始了漫长的跨国恋。

如鲸向海

老吴发朋友圈："十一月来了，我忽然好怀念一起采摘橙子的那些日子啊！"

我在下面评论："贵州开始冷了，你那里冷吗？"

"开始冷了，今天穿了羽绒服，然后很想你们。"

"我也想你们。"

然后在一个天高云淡的日子里，收到她寄来的一箱橙子，金黄色的橙子铺满了整个箱子。我拿起一个细细闻了一下，那个气味实在太熟悉了。如同我身上的味道，走到哪里，如影随形。

那时，我们几个都还年少。读书时的青春，我们不得不承认，过了那段难以复制的时光，它就真的不存在了。

放了三天假，确切地说，我们逃了一天课，将周末凑成了三天。我们几个搭了火车去刘佳老家摘橙子。是的，就为了她的一句，我们家的橙子汁儿特别多，酸酸甜甜的，是世界上最好吃的橙子。

没有多余的钱坐卧铺，足足九个小时的硬座。可那时竟不觉得难熬，我们有说不完的话，从谁的衣服、化妆品到当时流行的男女明星，然后再到学校里偶遇的帅哥。

"那个工商管理学院的李季，姐妹，他的三分球真的太帅了。主要是长得又高又帅，我就喜欢那种阳光的。每次打完球我都好想去要QQ，就怕他有女朋友。"林夕兴奋地说道。

"姐妹！"刘佳使劲地拍了小桌板一下，我们都看着她。这个女人，老是一激动就使劲。

"李季，你们谁都不要跟我抢。我好不容易才找到一个男生符合我对男朋友的标准。谁动他，我跟谁没完！"

林夕一脸蒙地看着她，心里肯定有不能言说的话在奔腾，但她终究忍住了。

剩下我和老吴拍着腿哈哈大笑。

老吴，为什么叫她老吴，源于她的姓氏。但更是因为，她在寝室里几乎啥也没有。每天就会听到她说："林夕，洗发水给我用一下，我的没了。""英子，格纹围巾今天借我了，我要去撩男神。""佳妹，枫叶红那支口红甩给我涂一秒钟。"是的，她连口红都蹭别人的。

什么都没有，能不叫"老无"吗？

"要不，你们一人一半，或者一三五归夕夕，二四六属于佳佳？"我瞟了两人一眼，提出合理化建议。

"周日呢？归我？"老吴补充。

老吴瞬间拉来了各种仇恨。

"周天就不能放人家休息一天吗？和你们在一起，他肯定比打篮球更累。"我啃着鸡爪很认真地看向李季的两位粉丝。

林夕笑了起来，幸福地笑了起来。眉毛弯弯的，眼睛眯成一条缝，鬼知道她在想些什么。

"誓死不与其他女人分享我看上的男人！"刘佳从后背拍了我一掌，我的心差点被拍出来了。

"不过，如果林夕愿意把她的阿玛尼粉底液倒一半给我，我也不是不能考虑。"刘佳不要脸地补充道。

果然，女人说话都是带着阴谋的。

到了刘佳老家，已经很晚了。

晚餐的时候，刘佳居然抬来一大罐杨梅酒，大吼一声："姐妹们，今晚不醉不归！全场消费刘公子买单！"

她左脚踩在木凳上，一副来到我的地盘我做主的架势。

我们看到这至少二十斤的杨梅酒，深深的红色，甚是诱人，不自觉吞了几口口水。

本以为这是一个无眠的夜晚。

可几人才互相灌了两三杯就上床睡着了。

第二天阿姨给我们做了早餐后喊我们起床，吃饭后终于见到了刘佳口中的橙子园了。

一大片一大片的，饱满的金黄色果子挂在树上，有些太熟了掉在土里，没人捡。阿弥陀佛，实在太浪费了，我弯下腰准备捡。

"啊哈！"刘佳一掌拍在我肩膀上。

"地上的不新鲜，姐的地盘，你居然捡地上的，看不起姐？"

被她吓到的我，默默去抢她手里的水果刀。

"英主子，妹妹错了。皇后，不对，皇上，使不得啊！老吴，林夕，救命啊，杀人了！"刘佳大喊着跑开了。

我把捡起来的果子切开，瞬间果汁四溢。金黄的果肉泛着甜味，吃一口，真如那姑娘所说，比买的好吃多了。

几个女人围着我，用刀一人喂一口。

"佳妹儿，不如我把李季给你，这片果园让给我继承，可好？"

一口橙子肉下去，仿佛李季在林夕心里已经不那么重要了。

"你不是真的爱他，你这个肤浅的女人！你不配拥有他。"刘佳夸张地说着，朝林夕跑去。

几个女孩儿在果园里嘻嘻哈哈。

那样的时光再也回不来了。

后来，林夕和李季在一起了，没想到刘佳居然没生气。她说："就李季那样的货色，看两眼就够了。以后找个更帅的，气死他们！"

再后来，林夕和李季分手了。林夕抱着刘佳哭，说他居然接受一个学妹的饮料，还一起出去唱歌。

我和老吴在食堂逮着了李季和那个女生，让他给林夕一个解释。

李季说："我能有什么办法，不爱了就不爱了，又不是我能控制的。"

那个学妹紧紧挽着李季，异常得意。我和老吴将手里的果汁朝两人身上泼去，然后掉头就跑。而刘佳，在校园贴吧上整整骂了李季一个月。

那年夏天风在吹

"同学们，国家对大学生入伍呀，提供了很多优惠政策和条件，部队成才氛围越来越浓厚……希望我们的同学能积极地投身军旅，实现人生价值。"徐杰目不转睛地望着在台上交流发言的优秀尉官，仿佛看到了尉官在军营中的飒爽英姿。

"'黄沙百战穿金甲，不破楼兰终不还。'当兵是我的梦想。"徐杰喃喃自语道。

"妈，这件事我考虑很久了，希望得到你和爸的支持。"徐杰对着电话那头轻轻说道。

"孩子，当兵是件好事，我和你爸爸都支持你。但你从小没吃过什么苦，我们担心你不能适应军营生活。"母亲总是无论何时都牵挂着自己的孩子，习不习惯，能不能坚持下来，累不累，这些问题一直在她心头萦绕。

"妈，放心！"徐杰看了一眼湛蓝的天空，初夏的风拂过发梢，心里似乎被软软的棉花填满，温暖又舒适。

换上一身迷彩军装，站在宿舍楼门口与辅导员、室友一一惜别，不舍与期待同时在徐杰心头荡漾。在去往新兵集训地的路上，徐杰心里抑制不住地兴奋，这兴奋中有对军旅生活的憧憬，更有为国奉献一生的壮志。就这样怀揣着这独一份的兴奋，他到了新兵集训地。

新兵集训地的条件有些简陋，隐匿在一片森林中。厕所是临时搭建的，食堂就一间屋子，上下铺的床杆已经生锈，铺床单、被子的时候如果抓着扶手，下床后便能看见满手的铁锈屑。徐杰从班长那里要来几张旧报纸，把宿舍的床杆扶手都擦拭了几遍，用力握几下没有铁锈屑掉下来才作罢。徐杰被分在了新兵连的三排六班，与同省的老乡张俊在同一个班，只是不同宿舍。

集训的生活比徐杰想象中更苦，单单是把被子叠成有棱有角的豆腐块这样简单的事情都做不好，只好请教叠得比较好的室友，叠好了打开，打开了又叠，反反复复，总算看起来像回事了。每天都有做不完的事，天还没亮，起床号就响了，必须以最快的速度穿好衣服开始集合训练。

有一次晚上因为想念父母，晚上迟迟无法入眠。凌晨三点左右刚有睡意，突然集合号响了，徐杰鞋子都来不及穿就跑了出去，外面正下着大雨，浑身瞬间被雨水淋透。班长走了过来，看着徐杰的双脚说："徐杰同志着装速度有待提升呀，光着脚怎么打胜仗呢？"

彼时，瓢泼大雨顺着徐杰的脸流进他的眼睛。"是！班长！"徐杰铿锵有力地回答，一开口雨水便顺势涌入他的口腔。

为了跟上部队节奏，徐杰一有空就向班长、战友请教。在他们的多次耐心指导下，终于学会了在规定的时间内迅速有序地着装、打背包、携枪、列队。拉练对体力的要求很高，从一个乡镇到另一个乡镇，不停地走，不停地跑，很热、很渴、很累。跑了大概四公里时，徐杰感觉快要不能呼吸了，嘴唇干裂，心脏狂跳，腿也不听使唤似的开始麻木无力，头昏眼花。

看见老乡张俊跑了上来，徐杰连忙拉住他的衣角。"张俊，我有点不行了，感觉要晕了。"张俊立刻取下水壶让徐杰缓缓喝下几口水，徐杰这才慢慢缓了过来。

同宿舍的李成慌忙跑过来说："徐杰，你这身板就是看起来魁梧，平时在家里没锻炼过吧？哪像我们这些农村来的糙汉，小小二十公里算什么！"说着便架起徐杰往前走。

"坚持住，小小二十公里，咱们一起挺过去！"张俊使劲夹住徐杰的另一只胳膊，用力地向前挺进。

徐杰看了一眼烈日下负重前行的战友，李成的脸明显疲惫不堪，张俊也是满脸的汗水，太阳把他们的脸晒得黑黝黝的，就像电视里会十八般武艺的铜人一般。手臂处传来的力量使他能量倍增，徐杰心想，就算爬也要爬回军营！

最后是怎么回到军营的，徐杰记不太清了，就是感觉浑身没了力气，只想静静睡个觉。休息的时候听室友讲，有的战友鞋跑掉了，又重新跑回去找。还有两个战友直接晕倒了。一个战友在途中休息时，口渴难耐一下子喝了一壶水，竟然"中毒"了，一直呕吐。听医生说是脱盐导致的，以后咱们还是准备点生理盐水吧。徐杰听着听着就睡着了，今天还真是很疲惫呀。

时光如白驹过隙，新兵三个月训练期结束了，从队列齐步走、跑步、军姿，到正步走、扔手榴弹、操枪、实弹射击……徐杰已经习惯了这样的高强度训练生活。午餐间隙，徐杰看着自己越发黝黑结实的臂膀自言自语道："还是不够呀，意志力、体力有待提升。"

李成走了过来拍了下徐杰的肩膀，"你在这里嘟囔些什么呢？要真正下连队了，你是不是舍不得我哦？"

徐杰抬头看了一眼李成，面露微笑道："怎么，我们寝室长要开始悲秋感怀了？"李成没好气地打了徐杰一拳，继而笑着走开了。

分到海岛，真正的军旅生活拉开帷幕。岛上白天很热，晚上很黑，风很大。有时轮到徐杰站岗，他就会在快到凌晨时仔细听有没有蟋蟀、青蛙的叫声，因为在家乡的夜晚是可以听得见的。往往听了很久，除了风声就是海浪拍打沙滩的声音，偶尔有几声犬吠。不过徐杰却很喜欢这样的感觉，似乎整个夜晚都属于自己。有了自己在这里站着，战友们可以安心入眠，心里就有满满的成就感。

不过徐杰最喜欢的活动还是自己种植蔬菜瓜果，那是按部就班的军旅生活中的一丝心灵慰藉。岛上的瓜果蔬菜不像家乡那么丰富，有时候也会运一些过来，总归没有那么新鲜，所以连队就讨论在后山开辟一块地供战士们种植。徐杰知道有这么一个有趣的活动后，立马喊上张俊去报了名。

从第一次将种子撒进土里，到后来的浇水、翻土，种子渐渐发了芽。看着嫩绿色的一排排小苗，徐杰特别欣喜，感受到了一个个小生命在他们的精心照顾下茁壮成长。夜晚睡觉时，他会担心海风太大吹坏了他们的苗，岛上的动物会不会把苗咬断。于是第二天一有时间就往后山跑。

岛上雨水充沛，阳光充足，没过多久，瓜苗、蔬菜苗都疯长了起来。徐杰和张俊又开始马不停蹄地除草、除虫。就这样看着种子变苗，苗长出了花，结了果，各类蔬菜长势喜人，有白菜、辣椒、茄子、南瓜、四季豆、香菜、莲花白……

连长散步时看见这一片菜园绿油油的，心生无限感慨，这园子像极了母亲的菜园，各种蔬菜都有，这几个孩子真是有心了。他们抽出时间播撒的种子，给这座小岛注入了蓬勃的生命活力和想象空间。

新兵没有探亲假，同省的老兵苏飞回家探亲，徐杰特别羡慕。苏飞看着他说："你也有机会回去的，要我帮你带点吃的回来吗？"

"吃的就没必要了，飞哥，可以带几棵树苗回来，我想种在岛上。"徐杰若有所思地看着苏飞说道。

"OK！"苏飞比了一个OK的手势就走了。

"怅过眼光阴似瞬，回首欢娱异昔，流年迅景。"徐杰坐在海滩上望着水天相接处。两年已到，枪械、体能、射击、越野跑这些课目都已不成问题了。母亲打电话来说，继续当兵或者回去工作家人都支持他，让他自己选。回去吧，我另一个梦也该去实现了。徐杰开始回忆那个入夜灯光璀璨、充满酒香的小镇。

2016年9月，曾经种下的小树苗已齐肩，徐杰最后看了一眼这个他待了两年的海岛，便和战友一起登上了回家的列车。列车缓缓行驶，阳光透过车窗洒在徐杰脸上，他索性打开窗户，任由海岛的风混合着烈日的温度轻轻拂过脸颊。

2017年6月，徐杰在网站上一边仔细翻阅着招工简章，一边吃着刚从烘焙店买回来的全麦面包。

"挺不错的。"吃了两口他赞叹道。当兵回来，徐杰便和母亲说他想进茅台集团。并且为了能一次就通过考试，他已经准备了很久，白天夜晚都埋首在书堆里。因为从小听姑姑讲茅台的故事，久而久之，茅台在徐杰的心中便留下了不可磨灭的印象。

姑姑是酒厂的一名基层管理人员，每次放假回来总给小徐杰捎上几件小礼品，给父亲带上几瓶白酒。姑姑回来的那几天全家人都十分高兴，如果正好赶上节假日，就更是热闹非凡。每次吃完晚饭，徐杰总爱缠着姑姑给他讲有关茅台的故事，姑姑就会搬来一把椅子，把小徐杰抱在怀里慢慢讲述那些尘封的茅台往事。

那天，徐杰还在家里帮母亲换新沙发套子，成绩是姑姑帮徐杰查的。接到姑姑的电话，徐杰的心在疯狂跳动，就像当初自己参军坐在前往军营的车上那般兴奋。结果终不负有心人，姑姑在电话那头恭喜他，母亲在身旁替他高兴。

终于，徐杰来到了这个他向往已久的小镇。他是晚上到的，姑姑早已等候多时。

"小杰。"

徐杰听见姑姑的声音，忙跑过去。

"走吧孩子，你一定饿了吧？我们去吃东西，你姑父等着呢。"姑姑一手接过徐杰的背包，一手拉着徐杰往餐馆方向走去。

"姑姑，我来吧，我长大了。"徐杰看着比自己矮不少的姑姑说道。

"不管长多大呀，在我心里你就是个孩子。走吧，马上就到了。"

姑姑根本不给徐杰反驳的机会。

"姑姑,我还没下车就闻到酒香了,现在更浓了,感觉整个镇子都被酒香淹没了,就像小时候一样。"徐杰望着茅台镇如油屋一般灯光璀璨的夜景,不由得感叹道。

"以后这里就是你的家了,孩子。"姑姑回头笑道。

众里寻他千百度,蓦然回首,那人却在灯火阑珊处。这里便是我的第二个梦。

徐杰嘴角上扬。夜风轻拂,空气中的酒分子四溢,沁人心脾。

此夜,茅台镇甚是美丽。

忘 年

　　周末的这个时候本该早已入睡，可躺在床上许久还是辗转难眠。于是起床为自己泡了一杯苦丁茶，坐在沙发上，伴随着一口一口地啜饮，往日的记忆开始浮现。我的人生有许多故事，而这一刻我心里特别思念的是那两位老人。

　　和妹妹随父母从乡下来到这个几万人的小县城，开始了不一样的人生。那时的中枢还是一个一条大道走到底的小县城，街上跑得比较多的是三轮黄包车，三转盘到六转盘几乎除了小山丘就是土田坝子。

　　我与妹妹许久未与父母相聚，因为一直寄居在伯娘家，平时除了上学，剩下的就是干不完的农活，自然也不会像其他孩子那样撒娇。父母为了生计把全部身心放在了生意上，便没有更多的心思放在我和妹妹身上。

　　我们兄妹俩每日会有固定的五毛钱或者一块钱作为早餐费用。那时的五毛钱或是一块钱对于我俩来说是一笔巨款，我俩总是只买一份糯米饭或者一袋辣条一起吃，剩下的钱便存起来买三块钱的连环画或者五块钱的格林童话插画。

　　一日清晨，我们一如往常，从那条通往学校的老马路经过，远远便望见一位老婆婆佝偻着背推着一个装着白色塑料袋的推车。那日的晨雾有些大，老婆婆的推车似乎坏了，轮子嘎吱嘎吱地叫，她很吃力地推着，却不见车移动半分，我和妹妹便跑过去帮着她一起推。幸好我们从小一直干农活，力气比较大，推车被我们三个一起推到了摊位。一路上老婆婆对我们的道了不下十次的谢，原来她是这附近卖油炸麻花的邻居。本来每天老伴儿都陪她一起摆摊。昨天她的老伴儿去外省看外孙了。车子坏了她也不知道怎么修，今日本想休息，待老伴儿归来再继续摆摊，可是一到点儿了就睡不着。

老婆婆笑呵呵地说着，并装了麻花送给我和妹妹。我们客气了好一会儿，老婆婆还是坚持要我们收下，眼看着上课时间快到了，我把我们的早餐费塞在老婆婆手里，便拉着妹妹疯狂地向学校方向跑去。

"娃儿，我晓得你们懂事，快把麻花拿去。"婆婆在晨雾里追上来，硬是把麻花给我们俩后，又携着晨雾回去了。

到了学校，我打开麻花袋子准备吃，那张皱巴巴的一元钱从袋子里掉了出来，这不是我给老婆婆的吗?真是个倔强的老婆婆啊。我躲在角落，掰下麻花，一口一口地嚼着。嘿，你别说，又香又脆，比我平时吃的零食都要好吃。

就这样，每隔几日我和妹妹都会在清晨的马路上遇见卖麻花的老婆婆，而她身边多了一位身体健朗的老爷爷，应该就是她口中的老伴儿了。每次相遇我们总会聊会儿天，时间久了还成了忘年交。

最有趣的是，我们几乎都是在雾蒙蒙的早晨，靠着彼此的声音走在一起，离开两三米远便看不清楚大家的模样，我曾想在雾里玩捉迷藏，又怕不小心把妹妹弄丢了回去被母亲打，所以每次爷爷和婆婆叫我时，我便躲在那辆生锈的烂卡车后面，感觉自己在和他们躲猫猫，回想起来也是挺有趣的。

我们放学回家有时需要自己做饭，老爷爷就会隔着几栋长满青苔的矮楼呼唤我和妹妹过去一起吃饭。婆婆爱做腊肉炒土豆片或者排骨炖萝卜。每次我们两老两小坐在一起总会有聊不完的天，他们吃着菜，听我们说在学校遇到的趣事，又或是和谁吵架了，被老师表扬了，总之回家之前我和妹妹都吃得心满意足。

后来我们经常去老爷爷家的事情被父母知道了，不出所料，我们被禁足了，并且禁止以后再去老爷爷家玩，更不允许在他们家吃饭。你会有那种感受吗？从小感受不到被长辈疼爱，然后突然有两位老人给了我们一直向往的那种疼爱，是没有血缘关系的爱，可我们就要失去这份爱了。妹妹躲在屋里哭，而我要面子，蒙着被子不出声地流泪。

　　就在我们被限制自由的第二天，爷爷和婆婆来了我们家。他们之前知道我们住哪，却从未来过。刚好爸妈也在，我和妹妹给他们倒了茶，便被妈妈喊回了屋。

　　我悄悄地躲在门缝后偷听他们的对话，听到他们结束了对话也没听清楚内容是什么。后来听见爸爸送客的声音我们才敢跑出去，妈妈拉着我和妹妹说："以后你们可以去爷爷家，不过不许捣蛋，每个月我会拿一点钱给他们，就当作你们两个调皮鬼经常在他们家吃饭的费用。"

　　"妈，太好了，真的吗？"妹妹拉着母亲的裙摆摇晃着说。

　　"婆婆他们会收钱吗？"我抬起头问母亲。

　　以我对他们两个"老顽固"的了解，他们不可能会收钱，但得让他们收下才行。

　　"这两位老人啊，真的值得尊敬！不过我们可是和他们说清楚了，不收钱，这'生意'做不成的。"妈妈笑道。虽然不知道他们在做什么"生意"，也不清楚他们谈了什么。总之，后来我和妹妹可以自由出入爷爷家了。

　　这两位老人除了每日摆摊外，大多数时间就是戴着老花镜看书，佝偻着背，种花拔草，做泡菜。我呢，会在他们坐在院子里看书的时候去浇浇旁边的花，或者调侃几句正在跳舞的妹妹，妹妹追着我又是打又是踢，爷爷和婆婆就会摘下眼镜让我不要欺负妹妹，然后哈哈大笑，眼角的笑纹和天际散落的晚霞一样美丽。

有一天，我在爷爷的书柜里试图找出一本感兴趣的书来看看，结果不小心把爷爷的一个盒子打翻了。满地都是泛黄的黑白照片、信件、报纸，还有一堆勋章。我小心翼翼地把它们捡起来，才发现原来爷爷是一位退役军人。他年轻时候穿着军装的样子耀眼帅气。我抱着那一箱子宝物去找爷爷，爷爷正和婆婆在种小白菜。他把手洗净擦干，拉了把藤椅坐下就开始给我讲他过往的故事，我看见爷爷眼里星星点点，满是光芒。

爷爷小的时候，家境还算殷实，家里有请专门教他们几兄弟识字的先生。后来爷爷的父亲生病，顶梁柱塌了，他的几位姨娘便把家里的财产瓜分殆尽。而爷爷的母亲已经习惯凡事依赖当家之主，一夜之间苍老了。家道中落的爷爷体验了人生的起落，跟着他的母亲回到舅舅家。可他的母亲毕竟是嫁出去的女娃，并不受舅家的待见。爷爷在那种备受欺辱的环境下长大了，遇上了招兵队伍便跟着军队走了，这一走就是几十年。

1950年，爷爷作为中国人民志愿军的一员，跨过鸭绿江奔赴朝鲜战场。后来爷爷又加入了抗美援越战争。见到婆婆的时候，爷爷已经三十三岁，婆婆是少有的可以识一些字的女子。第一次见面，爷爷便对婆婆上了心，而婆婆也对这位参加过几次伟大战争的英俊男子芳心暗许。

两人结了婚就只育有一女，婆婆老是觉得自己亏欠爷爷，未给他诞下一个男丁。而爷爷总是温柔地告诉婆婆，这一生有婆婆陪伴便足矣。两个老人的女儿嫁到外省，几乎没有时间回来看望他们，他们便不停地攒钱去看女儿。后来有了外孙，每逢佳节更是思念至极。

人老了总是会孤独，就像结了无数果子的老树，树已经干枯，再也不能冒出新芽。而我们兄妹的加入不仅让我们感受到了来自他们的疼爱，也让他们的生活多了许多乐趣与牵挂。

假日里爷爷会带上我们一起去郊外挖野菜，采苦丁茶。刚开始我是喝不惯苦丁茶的，味道苦苦涩涩的。爷爷说苦丁茶虽然苦，却有着清热明目的功效，我那些日子有点近视，便跟着爷爷喝了起来。时间久了，便爱上那一种清苦的味道。

苦丁茶喜温喜湿，一般长在土层深厚、肥沃、湿润的山头，有时也会在峭壁的石头旁寻得一株，不过长得有些干瘦。大多苦丁茶的叶子部分呈紫红色，更多的是暗绿色。苦丁茶的叶子也不像家茶那么肥厚，稍薄一些，在阳光下散发着迷人的光芒。

爷爷总爱用一个硕大的装过曲奇饼的铁罐子装他心爱的苦丁茶，每次要喝茶的时候就轻轻地抱出来，如同抱一个出生不久的孩子。

我曾在爷爷抓茶叶的时候凑近罐子去闻，凑近一吸气，整个鼻腔都是满满的甘洌香味，温馨而惬意。

爷爷家附近有一块巨大的水泥空地，就是现在国贸的位置。原来叫白酒交易市场，那时还没有那么多房子，更别说马路上从头到尾的车了。水泥地四周长满了野花野草，挨着北边有一栋白色建筑，不过那栋房子一直空闲着。

房子前是水泥铺的陡坡，我一有空闲就与妹妹拿着竹竿学武林高手跳起来打闹，假装手里的竹竿是绝世宝剑，还可以发出电视剧里闪烁耀眼的彩色激光。宽敞的水泥地被婆婆打扫干净用来晒辣椒、玉米、土豆片……放学后我便和妹妹在那块空地上学骑自行车。

自行车是爸爸淘汰下来的，车身特别高，踩上去双脚几乎不能着地，但我总爱踩着矮木凳爬上去挑战，爷爷和婆婆也拿我没办法。一次我让妹妹从斜坡高处将我推下，我想尝试一下蜘蛛侠飞起来在天空停留的感觉。结果真飞起来了，可速度太快，刹车也不管用，直接飞进了空地旁的一口井里，自行车稳稳地压在我的身上。

当时什么知觉都没有，只听见有人喊我。

"小智，小智，你怎么那么调皮？你要是出事了我怎么和你父母交代？"爷爷和婆婆的声音一直在我耳边萦绕，没过一会儿我竟然奇迹般地站了起来，恢复了知觉，视野里的一切又都清晰了，就是屁股怪疼的。

爷爷和婆婆一直不放心，直到我在他们的监督下背了三首古诗，才把烘干的衣服给我换上送我回家。

婆婆也教我们如何做泡菜、酸菜。这么多年过去了，我还记得那些制作过程，只是许久未亲自动手去做了。

十一年过去了，我从稚嫩的小学生成长为高中里德智体美全面发展的三好学生。高考后，我离开了这个待了十多年的小县城，离开了我的至亲，离开了在我这一辈子中最重要的两位老人，独自前往北方求学。

走之前我教会了他们如何使用手机通话，他们给远在他乡的孩子试着打了一个电话，十分开心。

乘飞机离开前的一晚，婆婆又给我准备了一桌丰盛的饭菜，和爷爷坐在院子里吃着花生喝着酒，如同知己一般聊人生谈理想。我对未来充满了希望，他们也对我充满了希望。

夜晚的星星明亮，夏虫在院子里狂欢。我问爷爷，如果我去当兵，他会不会支持我。

其实从看见了爷爷的那一箱子宝物开始，我便心动了，也想为我深爱的国家贡献属于自己的力量，也想拥有那些光荣的勋章，也想拥有可以给自己孩子、孙子讲得出口的故事。

爷爷喝了一口酒道："人的一生说起来挺短暂的，我这一生经历过很多事。而留给我最大的财富还是当兵时养成的那些习惯，你看我现在的习惯就是那时候养成的。"虽然答非所问。但，回过头一想，他那时已经回答我了，这个哲学家爷爷。

读大学后，我的生活发生了很大的变化，时间几乎都花在学习、旅游、社团活动、社交……

我也给爷爷和婆婆打电话，问候身体，但也没有经常回去看望他们。现在回想，我是不是和他们出嫁的女儿一样？他们也肯定很失望吧，一年见不了几次。

每隔一段时间总会收到两位老人寄来的各种物件：图书、土豆片、辣椒油、麻花儿、布鞋、苦丁茶……几乎能邮寄的都给我寄过来了，并且每次都会附上一封工工整整的信，信上总是有爷爷龙飞凤舞的字迹，最多的就是叮嘱我注意身体，好好学习，东西要和同学分享，最后再加一句，我与家妻甚好，勿念。

除了那些食物被我和室友当场瓜分，布鞋也已经被我穿的破得不成样子。书籍、信件被我像宝贝一样珍藏在一个铁盒子里，也曾在淘宝上为爷爷婆婆买过帽子、衣服、鞋子和一些作画练字需要的材料，但是那些东西都是从卖家处直接邮寄过去的，里面并未夹杂着我对他们的想念。

有一次参加校园书法大赛获得第一名，我高兴地发短信向他们报喜，迟迟没有收到回复，以为他们太忙没有回复就给忘了。

第二天便接到妈妈的电话，说婆婆病重住院了。我向辅导员请了假，买了机票急匆匆赶回去，第三天，她就安静地离开了这个世界。她的女儿也回来了，带着她的外孙。

没有来得及和婆婆多说些什么，在我的记忆里她总是默默做好饭满意地看着我们吃下，或者悄悄地给我做一双合脚的布鞋。几度含泪，可是看着爷爷一个人孤独的模样，我装作坚强的样子与爷爷说，这就是人生，不断有人来，不断有人要离开，我们要学会接受，然后过好接下来的日子。

但他们的人生和我们的人生并不相同，没有人再向他们奔赴，陪伴他们的人一个个离开，他们的身体也越来越差。

婆婆走后，爷爷依然每日清晨去摆摊，只是他的笑少了。

大三末的夏季，我响应国家号召参军了。给家乡的爷爷打电话告诉他这一消息，爷爷很激动，说："好孩子，好好锻炼自己，爷爷相信你。"顿了一下，又道："你是我们的骄傲。"

眼泪夺眶而出，这么多年来我们之间早已拥有超越血缘的情感。

军队生活远比我想象的要艰苦，一场七天六晚负重三十公斤的拉练，曾因集合晚到一分钟被班长嘲笑，也曾因脱水差点在演练场上晕过去……

我至今还记得拉练过程中脚底磨出的十几个血泡，用干树枝一个一个挑破，最后化脓，班长看我走路一瘸一拐，命令我上收容车，第一次不服从命令，坚持和战友撑到最后的情形。从黔北小镇到沿海酷暑之地，我经历着人生的千般磨砺。

我一有机会就给爷爷打电话分享军旅生活，爷爷说现在当兵和以前不一样了，但都是为了保卫我们的国家，要坚持住，挺过去就好了。

当兵的第二年终于有了一次可以回家探亲的机会，我兴奋地将在海边收集的贝壳、海螺一个个装进透明塑料口袋，带着它们跨越山河去见最重要的人。

爷爷看到我的第一眼说的是："你瘦了，小智。不过比以前更精神了。"是的，一年多的时间我变得又黑又瘦，却精气神十足。

晚上，点了些下酒菜和爷爷畅谈我的大学生活和军旅生活。爷爷默默地喝着酒，安静地听我说，时不时发一会儿呆，他肯定是在怀念当兵时的自己，也肯定是在思念婆婆。

末了，爷爷说："孩子，也不知道我还能活多久。对我来说吧，活多久似乎也不重要了。你婆婆去了，我的盼头也就剩你们几个了，能听你讲讲这些事情，我其实是很开心的。"

看着爷爷花白的头发，我替他斟满酒，竟不知该如何开口，怕开口就会哽咽。我喝着酒吃着菜，打开一袋子的贝壳海螺。爷爷看到这些东西，拿起来说道："这就是你上次打电话说在海边捡到的宝贝吗？这个海螺个头挺大的。"

"爷爷，你听，有浪敲打海岸的声音。"

把海螺放在爷爷耳朵旁，爷爷闭着眼睛认真地听着。

"这个声音和我以前听到的一样。"爷爷眼里闪过一道光芒，爱不释手地抚摸着那个海螺。

回到部队差不多半年的时候，爷爷离开了人世。回去探亲的那一晚是我们见的最后一面，如果我知道，我就应该多陪陪他的。酒醉后醒来，屋里空无一人，他该多难过。

而我们最后的联系却只剩一条信息，我打电话给他没人接。后来收到了信息："小智，我不太会打字，请邻居小王帮我打的。出去买东西忘了带手机，我很好，不要挂念，好好锻炼。有空了再给爷爷打电话，不要耽误训练。"

而我回复的极短："知道了，爷爷，保重！"

时隔多年，每当看到街上摆摊的老人，就会想起陪伴我成长的两位老人。在这个物欲横流的社会，我正在经历着各种坎坷和挫折，每当这时就会止不住更加想念他们。

有一种快乐就是你身在其中，可在那时的你并不懂得那有多珍贵，直到多年以后才会恍然大悟，原来那就是幸福，纯粹的幸福。时间不会逗留一秒，你无法抓住过去的自己，就像此刻，你也一样无法挽留黎明的日出。

我要感谢他们教会我的所有哲理，让我时时刻刻感受到他们的陪伴。

一纸家书，情之至，唯有使之化心头。他们从晨雾中来，让我忘掉深夜的寂寥，忘记已逝的年华，却让我的思念在脑海里翻涌。拿出那一盒珍贵的物件，为自己续一杯带有记忆的苦丁茶。

小说篇

你和它们讨论新涂的指甲颜色
土坎上快要掉落的树莓
和穿过云层大鸟的红色羽毛
然后拍拍屁股上的泥土
站起来又置身于川流不息的人海之中

天空下的绿

自由诗

孤独，不是指身边没有人
而是，处在喧嚣之中
周围人声鼎沸
你却只能和一朵野花，一棵榕树、一轮月亮对话

如今

她也忘记了自己在哪

蝴蝶

城南旧事

父亲的生日在腊月二十九，屋外的雪花开始在亥时的夜色中飘飘洒洒，沥青马路上一晃而过的汽车似乎都在比谁回家的速度更快，一脚油门踩到底，轰隆一声来，轰隆一声又去。

于是，就只剩下了湿漉漉的两条印记明晃晃地贴在路面，格外孤单。

屋内烧了炉火，火焰不断跳跃，一摇一摆间就照亮了整个屋子。

炉火中央烧了锅水，此刻也开始沸腾，掀开了锅盖，热水一个劲儿地向外扑腾着，流在炉上的水嗞啦嗞啦，瞬间变成了热气。

母亲和伯娘坐在炉子旁，一个负责切梅菜，一个负责放肉片，旁边还放了大大小小的蒸笼，我猜那是蒸杂肉用的。

她们在准备父亲过生日的食物，又或者说，不仅仅是为了父亲的生日而准备。

没剩几日便是除夕，父亲望向屋外山那头喃喃自语："金贵和小琴要回来了。"眼里有欣喜，眼角的几条鱼尾纹随着泛黄的眼白眯成几条细线。

金贵，全名祝金贵，是我的三叔，父亲的亲弟弟，家里排行老三。村里大大小小老老少少都称他一声"三爷"。

小琴，是我三婶。

他们俩在我脑海里其实并没留下多深的印象，在我还没出生之前他们就搬离了家乡，最近几年才逐渐恢复了联系。

三叔，在我们村甚至我们镇上都是非常出名的。

他出名，也是这几年的事儿。

大概厘清三叔的故事是在我十六岁的时候，也是个隆冬的夜晚。

爸爸抽了几口旱烟，像往常一样吐出几圈烟雾来，随后长长地叹了一口气。他的叹气总是缓慢而沉重，仿佛在释放着什么。

看了我和弟弟两眼，又莫名捧着那个有些掉色的茶缸咕咚咕咚喝了起来，也许喝了有半缸苦丁茶吧。

母亲望着他："今年还是联系不上吗？母儿（我的婆）也不知道还能撑到他们回来不。"

"瞎说！"父亲砰的一声放下茶缸瞪了母亲一眼，母亲怔了一下才反应过来自己说错了话，抿了下干裂的唇便不再开口。

其实母亲说得对，婆的身体每况愈下，躺在病床上还在念叨着远在他乡的三叔，再不回来，也许真……

我不明白为何每一年父亲都会给我和弟弟讲三叔的过往，却没一人记得住。或许三叔离我们太遥远，不曾存在于我们的生活中，所以我们根本不想分出半点精力去想象那些传奇的往事吧。

故事要从很久很久以前说起。

那时的农村特别贫穷，而我们家更是贫穷农村里数一数二的贫农。

穷的原因有很多，但最直接的原因是我的爷爷在小叔叔出生的第二年因病去世了，他是我们家唯一的顶梁柱。

婆从小身体孱弱，一个人拖着七个孩子，这无疑让他们的生活雪上加霜，难以为继。

为了减轻家里的负担，三个年长的姑姑相继出嫁。

父亲本已考上了镇上的中学，迫于家里实在拮据，只好辍学同婆一起承担起整个家庭的重担。

随着时间流逝，几个年幼的孩子已经可以养活自己。婆似乎看到了希望，逢人就说苦日子过去了，接下来只差几个孩子的婚事，言语里全是对未来的期待。

三叔是十五岁时提出想要和三婶结婚的。

是的，那时普遍结婚早，父亲和婆很欣赏三婶肯吃苦的品性，赞成他们在一起。

可在三婶家里看来，三叔无疑就是癞蛤蟆想吃天鹅肉，穷得叮当响还想娶媳妇儿，想都没想便直接回绝了这门亲事。

短短两个月内，三婶家人就给三婶介绍了邻村村主任的儿子。

这对三叔来说无疑是个莫大的打击。

三婶跑到我家找到三叔后大哭，三叔急得眼睛发红，提着一把砍柴的锋利弯刀气冲冲地朝三婶家跑去。

"然后呢？三叔把人给砍了？"我焦虑地看向父亲，又有些迫不及待地想要知晓后来究竟发生了什么。

难道就是因为砍了人逃到南方去了，所以一直不敢回来？

父亲继续抽着他的烟，一口接着一口。我很好奇父亲那么爱抽烟，为何牙齿还那么白。

"那时金贵和小琴真的很般配，一起出去放牛，金贵吹笛子，小琴就伴舞。"父亲并没有正面回答我。

却是后来三叔喝醉吐出了所有的经过：

那一日，小琴来我家，她的眼睛哭肿了。她告诉我，她父亲一定要让她嫁给邻村的王家宝。我真的忍不住了，也无须再忍了。

王家宝是附近出了名的流氓痞子，二十四岁还未成亲，还不是之前干了太多龌龊事！强奸幼女，偷人家的牛卖了后嫖娼，若不是他有个还有些势力的老子，恐怕早就被人给砍死了。

我穷，不让小琴嫁给我，可以。跟着我也许会吃苦，可让她嫁那么个畜生，除非我死了！

小琴，是我心里无法割舍的牵挂。不管是谁，都不能让她受委屈。

她抱着我，浑身颤抖。

我用砍刀威胁了她爹，他们一家人比之前更厌恶我了。不对，应该是更恨了。

　　回来，我让母亲给我煮了米饭。母亲把过年吃的米混着红薯疙瘩蒸了半锅，我知道她是怕我难过，想让我看开些。

　　四弟吃得很快，扒拉几下，一碗就吃完了，嘴里还没嚼完的饭被他一口就吞进肚子里。我们很久很久没有吃到这么香甜软糯的米饭了。

　　小琴跟着我，真的会如她爹所说，没有好日子可过吗？

　　老人们说得对，门当户对才好。

　　吃完饭，我把二哥喊到堡堡上，以后，二哥身上的担子就重了。

　　二哥站在我的身后，我们都在沉默。

　　"金贵，哥哥对不起你，要是我们家没那么穷，你和小琴就可以在一起了。"

　　二哥为什么总是把所有的过错归咎给自己？这分明不是谁的错啊。父亲去世，他书也不读了，和母亲起早贪黑地养活这个家。到现在，媳妇儿也没一个，还在为我考虑。

　　我的眼泪不争气地掉了下来，不能让二哥知道，我把头使劲仰起。捏紧拳头，平复好一会儿，渐渐平静了下来，才有了勇气转过身去。

　　"二哥，我想出去闯荡，我知道这样做很自私，可我不能再留下来了。二哥，我要丢下这个家，出去闯荡，以后这个家就交给你了。"

　　二哥没有说话，他盯着眼前那棵树。

　　良久，他才开了口："金贵，你还记得这棵树吗？这是父亲生前带着我和你种的那棵树。你看，它都这么高，这么粗了。"

　　他把那双长满茧子的手放在粗糙的树干上，静静地抚摸着。

　　"金贵，我常常在想，如果父亲没走，我们就不会受人欺负。你可以娶自己喜欢的姑娘，大姐二姐也不会嫁给两个一事无成的男人。

母亲也不会因为请人做了一天活而被人造谣，那些谣言没日没夜，无尽地折磨着她……"

二哥哭了，即使他被人欺负到不行，也没有哭过。我的二哥，总是为人着想，他说了那么多，却唯独没提到自己受过的那些委屈。

我不知道该如何安慰他，我想像小时候一样替他擦干眼泪，告诉他，父亲会帮我们的。可是，却终究无法伸出手来。

"金贵，你去吧，家里交给哥哥。不过一定要保重，哥哥在家里等你回来。"

他轻轻拍了下我的肩膀，用同从前一样的力度。我的眼泪终于忍不住掉了下来，我承认在他面前，我还是个孩子。

凌晨四点，天际泛了点点星辉，风吹起来有丝丝凉气，很是舒爽。

除了我自己，似乎并没什么东西可以带走。算了，还是带一套衣服吧，冷了可以挡挡寒。于是我找了一块布将那套母亲打了无数个补丁的衣服包好。

就在我拉开房门走出去的那刻，屋里的灯亮了。

"三儿，等等，把这带上。"

是母亲，她提着煤油灯走了过来。灯火在她的脸庞摇曳，这让我想起六岁时的一个夜晚。

记不清是哪一天了，我一个人在家。母亲养了一只白色的母鸡，我在屋外面割牛草，它就在旁边刨土捉虫子，突然一只老鹰把它叼走了。

我吓得立在原地，不知道该怎么办。这只鸡是母亲从外婆家带过来养大的，是我们家唯一的一只鸡。要是被母亲知道了，后果将不堪设想。

反应过来，我朝着老鹰的方向一路狂奔。

老鹰似乎不能承受母鸡的重量，把它扔在了地上。我跑过去的时候，被眼前血淋淋的景象吓坏了。老鹰把白母鸡的屁股啄来吃了，留了一个大大的窟窿。那时接近晚上，天气很冷，那只母鸡已经奄奄一息。我不能让它就这样死去，不然母亲会打死我的。它在颤抖，它肯定也很冷。我抱着母鸡飞速跑回家，我得让它暖和起来。

我用一些干稻草给它裹了一个草窝，小心翼翼地把它放了进去。再把干麦草放在火炉里烧出火焰来，看着它埋着头似乎稍微好受了些，我才放心出门去寻草药。

摘几把蒿草用石头碾碎，每次我的手破了，母亲都是这样给我敷药的。

给白母鸡上药时，我更恐惧了，那个窟窿怎么也堵不住。我轻轻抚摸它的羽毛，它的脑袋终究一点一点垂了下去，直到没了反应。

我吓得大哭了起来。母亲回来怎么办？我竟连一只鸡都看不住。

他们快要回来了，回来我就完了，母亲要打死我的。于是我悄悄跑了出去，跑了很远很远。天开始黑了，周围安静下来。我躲在坟堆后的杨梅树下，也许太过担心，抑或是跑久了很累，我靠着杨梅树不一会儿就睡着了。

家人找到我的时候，我正冷得蜷缩成一团。

母亲拿着火把来到我的身边，她问我为何不回家。我哭着告诉她，母鸡被老鹰啄死了，我在割草没注意。我一直哭，停不下来。母亲摸着我的脑袋，说："是老鹰的错，不是你的错。"

火光在母亲脸庞跳跃，我第一次感受到母亲的温柔。

回来后，那只死去的白色母鸡被母亲给炖了，大家都吃得很开心。母亲脸上也没看到丝毫不满，可唯独我，一块也没敢去夹。

母亲这两年老了许多，眼角的皱纹一道接着一道，她的背有些驼了。

她提着一袋东西走到我跟前。

"三儿，你一个人在外面要注意一些。活着最重要，口袋里头有几个鸡蛋和麦粑，饿了就吃，不要饿着。"

我接过她手里沉甸甸的口袋。

她的声音有些颤抖，我知道她哭了。

随后她又从衣兜里掏出一块卷了无数层的灰白色方巾来。

"拿着。"

她把那卷她存了不知道多久的人民币放进我的手里，她的双手温热。太久了，久到我都忘了她上一次这样静静地抚摸我是什么时候了。每一次遇到问题被人欺负，我们都不敢去找她，她会生气，总说是我们不懂事。

"那我走了，你们在家里好好的。"

我笑着对她说道，我不知道她是否看得见我的微笑。我只是想让她安心些。

第一次坐火车，那车身是绿色的，就像一条巨大的墨绿蟒蛇。车里挤了好多人，蹲在地上的，倚靠着车门的，趴在餐板上打瞌睡的。有为了娶媳妇儿去挣钱的，有为了长见识出省的……你一言我一语，很是热闹。总之，大家方向一致，都是去广东打工。

热气在车厢里蒸腾，脚臭味儿、汗味儿还有汽油味儿全部混在一起，着实难闻。

一个年龄比我稍大一些的兄弟问我是哪儿的，去广东干什么。随后我们便你一句我一句地侃了起来。

我当然不会说在家乡混不下去了，就扯谎说在家待腻了，只是想出去见识一下。

这兄弟相当热情，说他叫梁明，去广东投奔他哥的。他哥是一个制衣厂的车间主任，去了之后他都不用干最累的活，问我要不要跟他去试试。我说那以后就劳烦明哥指路了。

梁明一脸羞涩，连忙拿了个窝窝头塞在我的手里。

我对外面的世界太过陌生，一个人没有目标，容易被骗，这个梁明一脸真诚，有眼缘，我还挺信任他的。

到达目的地已是傍晚，走出车站的那一刻我震惊了。

这里的夜晚那么耀眼，那么亮，不是老家那种天一暗就分不清东南西北的漆黑。

楼房都好高，地上干干净净的，没有一踩就是一脚的泥土，空气里有股咸咸的热气。

我和梁明辗转到了他说的工厂，他的哥哥梁主任接待了我们。

这个男人挺着农村很少见的大肚子，着了件白色衬衫，一双带些纹路的皮鞋，头发应该是打了摩丝，在路灯下发着光。

"阿明啊，这位是……"他上下打量着我，很正经、很严肃，这样的眼神使我十分不自在。

天气太热，我只穿了件白色的背心，后背有两个拇指大小的洞，脚上是母亲为我纳的布鞋。不过由于我经常穿，穿坏了好几次，母亲用不同的布块补在上面，显得格外寒酸。

"大哥，他是我在火车上遇见的兄弟，没来过广东。我想让他和我一起在这里上班，搭个伴儿。"

梁明拍着我的肩膀，很是真诚。

"哦，这样啊，先去吃点东西，一会儿安排你俩住下。"

梁主任漫不经心地向前走着，梁明走在他左边。我故意放慢脚步，不想让他们看见我背后那两个显眼的洞。

我和梁明住在一起，住的是工厂的职工宿舍，六人一间。

这种平房我是第一次住，床是上下铺，铁杆焊的，有些地方还生锈了。

我睡在梁明的上铺，薄薄的木板，一翻身就嘎吱嘎吱地响。

这里的空气很陌生，有些不适应。但我告诉自己只有坚持下来，才能改变一切。

室友有来自贵州的、河南的和甘肃的，大家都十分默契地操着一口家乡味儿的普通话。

第二天，我和梁明被安排到了车间流水生产线。

厂房很大，里面堆满了大大小小的机械，脚踩的缝纫机，长长的裁布桌子。还有些似稻草人的塑料桩子站在那儿，上面挂着一套套成品衣服。有西服，还有一条条花色各异的连衣裙，要是小琴穿上，一定很迷人。

　　还没来得及再多看看，一个肥胖的女人走到我的面前。

　　"你就是祝金贵？以后你就是我们小组的员工了，我是你的组长段红。"

　　这个女人二十五六的样子，大红色的口红衬得她的嘴唇更加厚实，脸上长满横肉，涂了厚厚的白色粉底依然遮不住她黑黄的肤色，一笑，额头和脸颊的肉便把眼睛给挤成一条缝，好在牙齿是白的。

　　昨晚梁明才告诉我，我的领导是一个皮笑肉不笑的母老虎，让我注意些。之前他也在这个组待过一段时间，还是他哥看不下去才把他调离到其他小组的。

　　当时的我还不是特别理解领导这个词语，梁明说在上班的时候你得听她的，顺着她的意。别小看这种小领导，背后的关系网复杂得很，让人家不高兴了，她会有一万种方法整你。

　　在老家被人看不起已经习惯了，现在的想法很简单，人不犯我我不犯人，做好自己的事情赚到钱。待自己成了才，才有力量去反抗那些曾经欺负、虐待过自己的人。

　　"是的，段组长，我叫祝金贵，以后还请您多多指教。"我一脸诚恳地望向她，做戏得做足嘛。

　　唯有孤独的人才最强大，等你熬过所有的苦，会遇见所有的甜。我等着那一天的到来。

　　"我们小组一共三十人，算班里的大组了，主要负责尾部生产。你知道尾部生产到底是干什么的吗？"

　　段红问我，我一脸蒙。

"把生产好的衣服再次检查，没有质量问题后进行包装吗？"

"你看起来这么小，没想到还是懂一些的嘛。"段红语调上扬。

瞎猫碰到了死耗子呗。

"不过除了这些，还有很多琐碎的步骤。尾部生产，就是一件衣服上市前的最后一些工序，比如开扣眼、钉纽扣、检查、吹线、熨衣等等，等你干一段时间就懂了。"

这听起来就是上手的活，对我这个农村来的穷娃子，能有什么挑战？

可是，才一周，我就发现自己彻彻底底错了。

工资除了保底薪酬一百元，其余全部按计件量算。我原先以为容易的活把我搞得满头大汗。同事们处理完三件，我才搞定一件。年终会以数量确定绩效，我这样的员工实实在在拖了小组的后腿。

"祝金贵，你这速度不行，我们到时候会有评比的。我们小组如果今年拿不到先进，你可是要负责任的。"

段红终于不再和颜悦色了，当着同事们的面给我甩脸子。

听梁明说明年年初她和另一个小组的组长最有希望被提拔为班长，今年的产量是最有说服力的晋升支撑材料。两人因为这还没来得及兑现的事儿已经暗地里不相往来了。

"组长，我会努力的，争取早日掌握制作技巧。"

"段组，这小伙子很卖力的，很多时候帮着大伙儿搬上搬下的，可能刚开始还不太熟悉。"

坐我前面的大姐扭过头来替我说话。这几天我和周围的同事相处得不错，不过真没想到她会帮我说好话。心瞬间暖暖的，朝她感激一笑。

这一笑可惹着母老虎了。

"祝金贵，我在跟你说话呢，你嬉皮笑脸地做什么？干活不行，贿赂人倒不错嘛！"

段红看到我向大姐微笑表示谢意，居然说我嬉皮笑脸，还行贿！这女的，真如梁明所说，莫名其妙，不可理喻！

"组长，我没有！"

"还敢顶撞上司？这个月完成不了任务，就把你退回人事，该去哪儿去哪儿！"

前面的大姐似乎已经习惯了，转回身继续开扣眼，沉默不语。

车间里真的好热啊，汗水浸透了衣衫，一颗心死死地拧着，闷得我喘不过气来，只得继续埋头苦干。

此后，每日下班前，坐我前面的大姐都会用半个小时教我怎样快速掌握工序。我问她为啥对我这么好，她往嘴里灌了几口水，用手背抹了把嘴角，然后轻轻地笑着。

她说："弟弟啊，我们都来自农村，没有背景，来这个陌生的地方，无非是想要混下去讨口饭吃。不过讨口饭吃不容易，你得吃苦。你经历的这些，姐姐我两年前就经历过了，那会儿她比现在更嚣张跋扈呢。你斗不过她的，唯有反复锻炼自己，这样量上来了，她才不和你计较。

不管这条路你喜欢与否，依然要努力地活着，说不定前面就是坦途，就是我们所期望的呢。在谋生的路上热爱生活，在谋生的路上保持开心快乐，一切都会好的。"

大姐平淡地阐述着，这完全不像是一个打工女人能说出的话。我诧异地望着她，不禁联想到段红那个胖女人指手画脚、泼辣的模样来。

"还有，你是不是和之前我们组的梁明关系好啊？她那么针对你，我怀疑和这也有关系。"

我实在弄不明白。

十二月末，广东终于褪去热烈，有了点儿秋冬的样子。工厂里的绿植开始泛黄，如同家乡屋后的那一片空旷的林子，空气终于不再那么闷热，多了丝凉意。

而最让人惊喜和意外的是，一日下午在食堂吃完饭，发着呆回寝室的路上，有人大喊了我的名字。

"祝金贵！来门口一下，有人找你！"是工厂保安王师。

在广东，谁会来找我？难道是二哥给我寄苦丁茶来了？上次写信给他说想要些后山的苦丁茶。

我跑到厂大门，从墙后面走过来一个女孩儿。

是小琴！

她编着两条又黑又粗的辫子，脸蛋儿瘦黄瘦黄的，紧紧抱着个花色布袋子，穿着件单薄的灰色外套，外套下面还用麻线打了两个黑色补丁。一双原本墨绿的胶鞋已经被刷得泛白，鞋头的胶都快脱完了。

她死死抿着双唇，眼里似有泪花，可她竟没开口，就这样静静地望向我，似乎想要将我看个清楚明白。

我想也没想就跑到她跟前，把她怀里的布袋接了过来，心脏怦怦狂跳，这种感觉太不可思议了。

"饿了吧？咋来的？穿这么少……"我有些语无伦次。这个会出现在我梦里的女孩儿，她来到广东，站在我眼前，我却不知所措。

"为啥丢下我？"小琴一开口，我的心就碎了。这么好的女孩儿，我怎会舍得丢下她！太多的言不由衷。替她擦干眼角的泪水，这湿漉漉的脸蛋儿让我愧疚和心疼。

"小琴，你怎么过来的？你肯定很饿对不对？不哭了，咱们吃饭去。"轻轻拉着她的手，这手温是我这小半年来最怀念的温度。

来到厂门口附近的小餐馆，为小琴点了一个鸡蛋汤和清炒瘦肉。

"金贵哥，这太贵了，我喝点稀饭就行了。"小琴指着大锅里的南瓜粥。这傻姑娘，肯定想不到我平时都没机会出厂花钱，所以攒了不少钱。

"听话，吃饱了才划算，不能浪费了。"

小琴告诉我，她是从二哥那里得到我的消息的。我每月按时给家里寄钱，偶尔写封信。

小琴逼着二哥说出了我的去处，偷了家里的存款，问了一路才找到这里。

"金贵哥，父亲说以后再敢和你有来往，就打断我的腿，可他怎么也不会想到，我这个家里最懂事的人会悄悄地来找你，嘿嘿……"

"是啊，就你胆儿最肥。要是路上遇到问题，我咋个办？"这姑娘竟然还笑得出来，真不知道外面有多危险。

菜上来，小琴替我要了一碗饭，我推到她面前。

"刚刚在食堂吃过了，你快吃，可不许浪费。"

她这才大口大口地往嘴里送，这一路她肯定饿惨了。她比之前还瘦，在我走之后又吃了不少苦吧？

"金贵哥，这个肉真好吃！"她双眸发光，一脸幸福地看着我。

"好吃就把它们通通吃完，以后等我赚到钱了，咱们顿顿吃瘦肉。"

小琴笑得更开心了。

既来之则安之，来到这个崭新的城市，我们一切可以重新开始。小琴的到来让我有了好好打拼的念头。

你有多努力，这个世界就会多善待你，我们都收拾好自己，带着笑容，重新开始。

这城市夜晚的风很大，星空明亮，路面宽阔，华灯初上，霓虹万里，生出几分"夜来南风起，小麦覆陇黄"的迷人模样来。

把小琴带进制衣厂，我们俩算是有了稳定的落脚地。

段红认为我是梁明派来的奸细，所以老是针对。我无法忍受这种明里暗里地挑事儿，主动提出调换班组。

如此盛气凌人，让人无法忍受，离开也罢。

我被调去了段红的死对头王江手下继续工作，这个领导明显好相处太多。大家工作起来相当轻松愉悦，员工对他的评价也不错。顺理成章的是年终评比他占了上风，并且由此被提升为班长。

令我惊讶的是，梁明成了我的新领导。是的，梁主任动用关系破格让他空降到了我们小组。

"金贵，以后跟着我混，不会差的！"晚上梁明请我和小琴吃饭，他的未来，有梁主任铺路，定然不会太差，不过他还不忘随时照顾我，这份情谊着实珍贵。

"兄弟，以后沾你的光了！"我们俩默契地碰杯。

几年时间里，我努力提升自己的工作能力，跟在梁明兄弟俩身后学会了一些销售技巧、酒桌话术。因为成长得很快，被提拔为小组长，二十岁时顺利晋升为班长。当然除了自己努力之外，还有梁明背后的默默照应。他那时已是人事部门主管，是制衣厂里少有的年轻中层领导。

这几年，看到太多的尔虞我诈，也见证了患难时互相扶持的真情。

当然，最大的收获是，我几乎已经了解整个制衣厂的运转流程，以及销售渠道。这样的模式和市场，我认为我有能力干得更漂亮。

我跟梁明说，不想在制衣厂干了，更不想带着小琴一辈子给人打工。

梁明说我疯了，多少人爬到这个位置不是用了五年就是十年，只有我祝金贵说不干了就真的不干了。

他激动地摇着我，似乎想把我摇醒："你晓得你现在的工资在贵州，在老家有多高吗？那些人想都不敢想的，你一下子带着媳妇儿就撤，要是出去混不下来啷个整？"

五年了，他的普通话还是夹杂着浓浓的贵州口音。

"兄弟，我是认真的。我想过，即使我发展得很好，一个月顶天就两千的工资，那还是高层。我没那个福气，能一个月拿一千就不错了。但现在，改革开放了，我们那么年轻，遍地都是机会，你不出去转转，怎么知道什么菜好吃，什么样的环境真正适合自己？"

改革开放，经济形势开始发生转变，市场包容性变强。来广东的这五年饭不能白吃，酒不能白喝，气不能白受，我得抓住这个机会彻底改变自己和小琴的命运，重新洗牌。

即使失败也无所谓，反正一开始我们就一无所有。我本来就不是个安分的人，没一点野心就白活在这世上了。勤快的人饿不死，我还是信这个理儿。

"你说的我都懂，这几年我们俩几乎都在一起，外面真没你想得那么容易，也可能是我没你那么洒脱，没你那个胆儿吧。你如果一定要出去，那这样，你和你媳妇儿去拼，我待在制衣厂。真混不下去了，有兄弟我在！"

梁明独自喝下杯里的白酒，双眼布满红血丝，脸颊涨得通红。而我为他这两句掏心窝子的话而内心感动。

这几年来，我和小琴存了将近六万块钱。从一开始，我就从没打算按这个轨迹，日复一日，每天毫无波澜地过下去。

我永远记得在书上看到的那句话："喷泉之所以漂亮，是因为它有压力！瀑布之所以壮观，是因为它没有退路！滴水之所以可以穿石，是因为它贵在坚持！"

波德莱尔说过，"趁我们头脑发热，我们要不顾一切。"没错，如果现在就打算如此这般混下去，那我就不是祝金贵了！

通过半年的准备，在二十一岁时，我们成立了自己的制衣厂。确切地说，叫服装制造厂。我们的定位就是在生产市场上做最时髦，最受欢迎的女士服装。

一念起，万水千山；一念灭，沧海桑田。志之所向，一往无前。在这沧海横流、繁花遍地的世界，反而更需要愈挫愈勇、再接再厉的勇气。

由于资金有限，我们请的人手并不多，主力还是我和小琴。

当我们接了第一笔订单，开始生产时，就在细节上遇到了问题。经销商验货时发现我们的每一套成品腰围的尺寸都大了五厘米。显然这一批货是发不出去了，小琴和我焦头烂额。

不过做生意哪里有一帆风顺的？我尝试着联系了经销商负责人姜山，好话说尽，他才答应晚上出来吃顿饭。晚上的局我把梁明拉上，他这人最擅长说话，而且和这位负责人曾打过照面。

酒桌上，对方负责人开始数落我们干事太不靠谱。这一大笔订单居然没发现问题，快到交付成衣的时间节点了，居然出这样的纰漏，让他们直接损失了两万，这两万得让我们来支付，不然按照合同我们需要赔付得更多。

"姜总，不要生气嘛，好不容易兄弟们坐在一起，先喝口酒解解闷气。当然，这次确实是金贵厂子的问题，我们会调查清楚的，给姜总一个合理的解释。"梁明给姜山倒满酒，满脸堆笑地举起酒杯。

所谓伸手不打笑脸人，梁明的面子他还是要给的。毕竟还有一个亲戚在他们厂里，姜山只好拿起酒杯喝了那杯来自贵州茅台的酱香白酒。

酒喝下去，这问题就解决了一半。

"姜总，实在抱歉，不过请您相信这件事情肯定不是我们故意的，这两万损失由我们制衣厂承担。"

姜山显然没想到我居然那么轻易就答应了这两万的赔款，顿时放松了许多。

"哈哈哈……祝总是个爽快人，知错能改，善莫大焉，既然你们这么爽快，我们这边也不会那么计较了，下次交货前还是多放点心在验货上吧！"

"姜总教训得对，初出茅庐，需要学习的实在太多。"

我将姜山的酒杯再次倒满，把一盘清炒推到他面前。浓浓的酒香弥漫整个包房，六个人完全放下成见，敞开心扉地喝了起来。

不得不感叹这酒的重要性，喝了酒，这气氛就完全不一样了，大家都活跃了起来，开始称兄道弟，和一开始的凝重气氛形成了鲜明对比。

　　"姜总，你们出衣的时间是什么时候呢？若时间来得及，我想带领员工对尺寸进行比对，让它们达到验收标准。"

　　"金贵，哎呀，都跟你说了，以后咱不要那么客气，叫我山哥就好。时间还有半个月，我可以给你十天时间，你搞得定吗？"

　　我一直相信，累了没关系，只要坚持自己的方向，养足精神后，依然可以所向披靡。

　　回到厂里，小琴就告诉我那五厘米的问题到底出在什么地方了，是我们裁衣机械的尺寸没调精准，而负责这块的员工正在办公室等着我。

　　"祝总，我真不是故意的！"那员工一见我就慌了。

　　"你先坐下。"

　　"我真不是故意的，那天家里出了点状况，我走神了。祝总，求您不要让我赔啊！"他害怕得站了起来。

　　"你也知道，这次影响巨大，给我们厂造成了难以挽回的损失。现在有个机会，对方愿意给我们十天时间进行修改，这么一大批货，你愿意将功补过吗？"

　　我盯着他的眼睛。如果他有一丝动摇，我就会追究他的责任并且毫不犹豫地开除他，毕竟开企业不是做慈善。

　　没等我反应过来，他果断地开了口："祝总，我愿意把我家人带来夜夜加班，弥补这个过错！"

　　"有这份心，就没有干不好的事情！"

　　我拍了下他的肩膀，算是给他鼓励。不过光靠他和厂里的员工肯定是不够的。

　　这时小琴走了进来。

"金贵哥，之前工厂的大姐，她改衣是一等一的好手，不如我们劳烦一下她？"

　　我点了点头，小琴总在我困惑的时候点醒我。

　　"大姐，是的。你听说了对吧？我有个不情之请。"

　　和之前帮过我的大姐通了电话，心里的石头算是落了下来，大姐答应下班后带几个熟手过来帮忙。

　　七天，任务提前完成，两万的赔款也退了回来。

　　思前想后，制造厂不能总是由我来管理，以后还要往其他领域发展，得培养后备干部。

　　和小琴商量后把大姐请来了我们厂，对于工作流程她是最清楚不过的，且她也是我俩在广东最信任的人之一，是让我放心的不二人选。

　　作为曾经照顾我的报答，大姐的工资福利比原工厂多三分之一，并分了百分之五的股份给她。大姐心怀感恩，尽职尽责地为服装厂卖力。

　　网络时代来临，我似乎嗅到了未来服装业在电商时代散发的迷人气息，于是开始加入第一批电商平台，也在人流量最大的商场租门面搞直销。

　　刚开始的五年，网络销售几乎没任何收入。梁明还开我玩笑，说我把精力放错了地方。

　　好在厂家直销的业绩还算稳定，把服装这块全部交给小琴和大姐打理后，我则做起了钢材生意。

　　经济发展迅速，大楼如森林般耸立，钢材生意让我狠赚了一笔。一次性投资梁明的副业餐饮店五万元，直接给他钱他怎么都不肯收，说我看不起他，一定要给我百分之十的股份。

　　最令我兴奋的是，我和小琴的孩子降生了，我终于当爹了！

　　但天有不测风云，服装门店电路老化，没有按时检修引起火灾，不仅门面里的所有服装毁于一旦，连紧挨着的两家门店也受到了牵连。拆东墙补西墙，把我和小琴赚的资产全部变卖，才填上了这个窟窿。

在出租屋里，和小琴看着家里所剩无几的家具，仿佛又回到了离开制衣厂那年，但望着在床上熟睡的孩子，两人相视一笑，有亲人在身旁，再艰难都不畏惧。

用了整整十年，我们再次成功。电商前所未有地红火起来，生产的服装供不应求。小琴跟着大姐又开始倒腾起护肤品来，时间一长直接开起了美容会所。梁明的餐饮营业收入令我意外，他早已辞去原有的工作，专心做起生意来。

当然，也并不是事事一帆风顺，我们几个也在后来的日子里相继遇到了困难，好在这几个一直在一起的人，始终给对方打气，不曾放弃。

2010年，我同小琴协商后，两人将所有资产变现，带着孩子回到我们的家乡——贵州仁怀。

当车驶入小镇时，我心里不由得感慨万千。

这个过去鸟不拉屎的地方，建起了青砖黛瓦的楼房，处处鸟语花香。

母亲、二哥、四弟，虽还有些陌生的面孔站在屋外迎接我们，可我知道这些都是我至亲的人……母亲的背佝偻得不成样子，二哥也老了，头发变白了，四弟长成了人高马大的汉子……

二十年哪，当初那个毛头小子带着尊严回来了，再也没理由让我的家人受伤害，没理由见人绕着路走了。

回乡第一件事就是重建了一栋房子，给母亲特意留了一个大院子。她可以在里面种菜养花甚至养鸡，只要她喜欢。

母亲摸着我的手，喃喃道："三儿，我不想养鸡了，一看到鸡啊，我就想到你小时候，那时候真苦啊。苦了你，我的三儿。"

"母亲，那时你告诉我，母鸡死了是老鹰的错。后来我常常想，老鹰也没错，如果她有孩子，肯定要喂养自己的小鹰崽子不是？即使没有小鹰，不吃东西也得饿死，是吗？"

"三儿在说什么？大声一点！"

母亲把脖子伸到我的下巴旁，那动作一瞬间让我的心狠狠抽痛。

"金贵，母儿这两年耳朵不行，得靠近她，大声一点她才听得见。"二哥告诉我，那种不管不顾就跑出去的内疚笼罩着我，心里愈发愧疚。

家乡路面窄而颠簸，我便和小琴商量出资修建柏油马路，成立生态养殖场，由二哥负责。生态养殖场吸纳上百人就业，同时成立物流公司，公司交给四弟管理。这样一来，就解决了家乡人民就业的难题，倡导乡亲们多种树、不砍伐，保护生态环境，而后发展旅游。

短短两年，我受到家乡政府的赞扬扶持，被评为贵州省有为的青年企业家。二十年前对我们一家颇为不屑的村民见了我，全都改变了态度，变得十分热情。

我在家乡出名了，大家纷纷叫我"三爷"。

三叔自述完毕，我从曾经的不明所以到现在的恍然大悟，内心久久不能平静。

除夕夜，一家人整整齐齐地坐在餐桌旁吃饭、喝酒。饭后，屋外开始飘起稀稀疏疏的小雪来。

我给三叔沏了一壶茶，好奇地问道："三叔，那您从广东回来后就没去过三婶娘家吗？"

"傻丫头，过去的终究过去了，也没必要一直揪着不放。我不是圣人，做不到完全忘记当初受过的侮辱，但说到底他毕竟是你弟弟的外公，你三婶的爹，对吧？"

"就一点都不恨吗？"我接着问。

"丫头，等你到我这个年纪，你就什么都明白了。我现在已经无比地满足，庆幸你父亲身体好，你婆还在，我还有这个家，一切都还来得及。"

　　门铃响了，我跑去开门。是三婶的父亲。

　　"金贵，走，陪我玩两把吧，这些年轻人没一个会玩的。"

　　他拄着拐杖走了进来，满眼期待地望着三叔。我无法想象眼前这个满脸皱纹的老人，曾经让三叔那般无奈直到远离故乡，这会儿竟然来找三叔打牌。

　　"走吧，我可不会让着你。"

　　"你啥时候让过我？你小子从小就没让过我这个老丈人。"

　　三叔扶着他的手臂走了出去。

　　留我在猎猎寒风中傻傻地笑，三叔用刀威胁他的情景又浮现在我脑海。

　　或许三叔说得对，人这一辈子，转瞬即逝，没必要计较那么多。不要惧怕成长，哪怕成长中有伤痛，有迷茫。不同的岁月有不同的风景，人就是在不同的风景中一点点地长大，不要太过要强，但要坚强，认真面对生活。

　　不戚戚于过去，不汲汲于未来，经历的终将过去。晴天时爱晴，雨天时爱雨，活在当下，珍惜现在拥有的才是最重要的，况且最爱的人也一直陪在他的身旁，难道这还不够吗？

在世间，孰是孰非

太阳吃饱了饭，浑身都是力量，新铺的沥青马路在它的炙烤下散发出阵阵异味，几只无聊的知了加入狂欢乐队，躲在大道两旁高耸的梧桐树上整齐地奏乐。

"大娘，要喝口水不？这个天实在热得很，我都有点招不住。"菊花看着垃圾箱旁佝偻着身子清理水果残渣的清洁工蒋大娘问道。

"我有，菊花儿。"大娘仰起瘦弱苍白的脸，一把揭开冒着雾气的遮阳帽，几根青筋凸起的干枯手背胡乱擦拭着额角的热汗。

"大娘，都中午了，你家大爷还没给你送饭来啊？要不在我这儿将就点？"菊花一边撕着苞谷叶子一边整理摊位菜篮子里的葱、蒜苗，正值三伏天，这菜放一会儿就开始缺水，耷拉着脑袋，再晚喷点水就卖不出去了。

"老头子腿脚不好，今天又闷，可能在路上了，你先吃。"蒋大娘放下手头的扫帚，双眼直直地望向农贸市场的大门，心想，老李今天咋还没来？

"我在老家摘了一些李子，酸脆酸脆的，你尝尝。"菊花抓了一把透亮的李子塞进蒋大娘手里。蒋大娘小心翼翼地将几颗黄绿黄绿的李子放在自己装菜的塑料袋里，想着一会儿给老李吃，他最爱这乡下的李子了。

外面有吵闹声，"哎哟，疼死我了！"蒋大娘好像听见了她家老头子的一声惨叫，于是慌忙跑出去。推开里三层外三层凑热闹的人，看到躺在三轮车旁边捂着腿的老头子。蒋大娘一把将老李抱在怀里焦急地喊着："咋的了，这是咋的了？咋还流血了，老头子？"

"他走路不看路，走得又慢，怪哪个哦？"三轮车的主人站在那里趾高气扬地指责着此刻正躺在地上小腿直冒血的老李。

蒋大娘瞪向站在眼前的这个强壮的小伙子，眼里满是红色血丝："你看不出来他是残疾人？你就不能开慢一点？他走路从来都很小心，肯定是你开太快撞上他了！"

"确实，我看到这个老人家都朝边上让了，他还是没有减速，直接开上去撞到人家了。"路人看不下去了，补了一句。

"撞到人了不先送医院看看，还在这儿怪人家受害者，一个大男人还真干得出来！"

"就是就是！"

"人证物证都在，再不送老人家去医院我们就报警了！"

男人扫了两眼围观的人，又瞟了一眼躺在地上的老头，很不情愿地将他抱起，走到路边打了车。蒋大娘急忙脱下帽子袖套，跟着上了车。

看着当事人走了，围观的群众都散开去，一切又恢复成原来的模样，卖菜的贩子们继续吆喝着，似乎什么也没发生过，街上的车辆没有一丝丝感情，轰着油门来了又去。

"小伙儿，我们不会讹你，只是该你承担的，你还是要承担。我家老李从小就拖着一条腿走路，要是这条好腿不行了，以后我们这个家还怎么过？"蒋大娘在纸巾上倒了点水轻轻擦拭着老李腿上已经干了的血迹，动作轻柔，眼里满是心疼，心想，这个老实的男人可不能出事。

"你们只要不报警，我把他医好就是！"坐在副驾驶的男人根本没把这两个年迈的老人放在眼里，能约束他的或许就只有派出所穿着制服的那一群人了吧。

"小伙子，我不大懂医院这些规矩，你去问下医生要怎么办，我和老头子坐在这里等你。"看着老李疲倦的样子，蒋大娘让他在医院走廊的椅子上坐着。

"真麻烦！"撞人的男子虽很不情愿，但意识到是自己的问题，还是排着队挂号去了。

拍了片，因为骨折需要治疗，所以肇事男子为老李办了住院手续。走完这一堆流程已经下午五点了，看着老李安心地躺在病床上，蒋大娘才想起自己没有吃午饭有点饿，于是出去买了三盒饭回来。

"你也累了半天，吃点东西。"大娘将手里的青椒肉丝盖饭递给埋着脑袋刷抖音的男子，男子看了一眼面前这个衣着褴褛、眼神却很坚定的老太太，接下了盒饭。打开盒饭，几片青椒盖在上面，肉丝翻了几下也就那四五根儿。

"老头子，没你喜欢的炒河粉。我买了洋芋肉丝盖饭，等你出院了，我给你做炒河粉。"大娘把病床的餐板摆起来，把饭放上去，再把打来的紫菜汤轻轻放在老李跟前，然后悄悄从一个褐色塑料袋里拿出一把李子。

"嘿嘿，是不是馋这李子了，老了还馋这口。"

老李接过那几颗温热的果子，眼睛湿润，没说话。蒋大娘示意他快吃，这才转身端起自己那份饭大口大口吃了起来。窗外的夕阳洒在床前，落在蒋大娘的身上，她的身子愈发佝偻，银发愈发耀眼。

"老太太，我回去一趟，屋头有点事。"吃完饭，男子起身准备回去。

"哎，你不能走，你走了我们咋办？"老李急忙抓着扶手坐了起来，满脸焦虑。

"我不会一去不回的，这点诚信还是有的。"

"中午你就不承认，哪个晓得你怎样想的？"老李大声吼了出来，病房里的其他患者和家属全都看了过来。

"老头子，让他回去吧，他说了会回来就会回来的。"蒋大娘收拾着餐盒，仔细擦着餐板，对老李温柔地说道。

夜晚十二点，医生来查床，蒋大娘在为老李按摩。

"大娘，您儿子呢？大晚上的让他来守着，您休息一下啊。"

"我们没得娃儿。"蒋大娘去厕所端来一盆水继续为老李擦洗身子。

"今天中午送你们过来的那个小伙子不是你们儿子？"医生很是迷惑。

"不是，他把我家老头子撞了，送我们过来。"

"我就说他跑路了吧，你还不信，傻婆娘！"老李想起就来气，这种撞了人还耍赖的人怎么可能跑了还回来？

"你呀，就不要气了，他不来就算了，我不是还在嘛，这不陪着你吗？"蒋大娘像看孩子一样笑着看向老李，继续为老李擦着受伤的地方。老李看着眼前这个跟了他几十年的老伴，花白的头发，满脸的皱纹，就像一棵接近干枯的枣树。这些年都没有让她过上好日子啊，一点点愧疚累积，在心里泛起涟漪。

第二天一早，蒋大娘一睁眼就看见撞人的小伙子坐在床前削苹果。看到蒋大娘醒了，小伙子切了一半苹果递给她，然后又从病床旁的柜子里提出一袋李子来。

"这几天的李子吃起来最安逸，这一大袋够你们俩吃一会儿了。"蒋大娘看着那一大袋李子，心里说不出来的滋味儿。

"来尝尝。"小伙子给两位老人一人抓了一把。

夏天如果一动不动躺在床上容易起痱子，伤口也易感染化脓。蒋大娘打着水过来，拧干帕子，准备给老李擦身子，小伙子一把抢过大娘手里的毛巾。

"我来，我力气大。"不是商量的语气。

"让我老伴给我弄，其他人不行。"老李铁着脸看向窗外。

"翻过去，你要累死你老婆，那是你的事。"老李下意识地翻了过去。

接下来的几天，小伙子都陪着这两位老人，直到医院允许老李出院。

出院那天，小伙子将两位老人送回住处，他又给两人买了五斤脆李，蒋大娘留他吃饭。

"你这几天和我们在一起，你家人晓得不？"通过几天的相处，老李也放下了最初对这个小伙子的成见，两人没事也拉拉家常。

"那天晚上我回家去跟家里人说清楚了，第二天一早就去取了钱过来找你们。"小伙子看着角落忙碌着的蒋大娘说道。

大娘家没有厨房，一间屋既是客厅，也是厨房，更是卧室。菜倒进锅里，满屋都是油烟味儿。

"那天我撞了你，说实在的，我真的不想负责，我没多少钱，也怕别人讹我。"

"你们呀！就别再提那天的事情了，给我剥点蒜，择一下菜就阿弥陀佛了。"蒋大娘插了一句。

两个大老爷们便在大娘的安排下开始忙起来。

"听挨着你们床的大爷说你们没有孩子，咋回事啊？"小伙子还是按捺不住内心的好奇问了出来。

"我这一辈子啊，欠我们老头子的就这件事情，没有给他生一个孩子，这是我一辈子的遗憾。"沉默了好一会儿，大娘才开了口。

"说这些干啥？我们两个就够了，多了都是负担。"老李喝了一口茶，朝着蒋大娘的方向嘟囔道。

当年老李家穷，再加上小时候被大人用板凳打废了一条腿，没人愿意嫁给他。蒋大娘也是在他三十六岁时乡亲帮忙搭的线。蒋大娘原来有一个夫家，因出嫁后三年未能生育被赶回了娘家，是一个被抛弃了的女人。两个可怜的人碰到一起，生活开始有了味道。

两人还算勤快，早些年在老家种点高粱、红薯存了一些钱，想着大城市的医院医疗水平高，搞不好可以治好蒋大娘的不孕不育，就搬到了城里。蒋大娘在一家农贸市场打扫卫生，老李平时就拖着一条腿四处拾荒，等到中午了就做好饭菜给蒋大娘送去，秋去冬来，比闹钟还准时。每到中午，卖菜的邻居都会打趣这个幸福的老太太。

　　唯一遗憾的是，医院的各种药都吃了，检查也做了，蒋大娘还是没能怀上一儿半女。每当看到别人家孩子环绕膝头，她就心酸得无以言表。老李看到她愧疚的样子便无数次安慰她，命里有时终须有，命里无时莫强求。两人在一块儿，平淡地过完这一辈子也就够了。有你，有我，有一日三餐，难道还不知足吗？

　　小伙子其实并没有完全说实话，他刚开始确实不想承担撞人的责任，更想一走了之。他曾经当过小偷，也打过人进过监狱。出来后遇见了他现在的老婆，包容他过往的一切，于是开始当菜贩子拉点货赚点生活费，日子过得十分清贫。他撞了老李，第一反应是跑路，后来路人说要报警，他怕了。他的媳妇和孩子还在家里等他回去吃饭，他曾答应他的媳妇以后不再犯事，重新做个顶天立地的汉子。

　　那天，他看见蒋大娘那双盯着他的赤红的双眸，想起了待在家里等他回去的媳妇。如果他被人撞了，他的媳妇也会同这个老太太一样心疼和愤怒吧。溜回家后他把发生的事情同他媳妇说了，本想着肯定被骂，没想到媳妇竟然把平时攒的钱都拿了出来，还叮嘱他必须照顾好老人直到老人恢复健康。看着两个孩子在屋里欢快地打闹，桌上有妻子热好的饭菜，他点了点头，第二天一早取了钱赶往医院。

　　"行了，不说了，吃饭了。"蒋大娘把几个自己精心准备的菜端上桌子。

"来，你最喜欢的李子。"一盘洗干净的脆李被推到老李面前。

　　"大娘，其实你们俩有空可以多去我家玩，我媳妇可贤惠了，她和孩子们肯定会喜欢你们的。对了，我从小没有父母，你们不介意的话就当我干爹干妈吧？"屋里弥漫起了饭菜香味，闷热的屋里，一个破旧的风扇咯吱咯吱地摇晃着。

橘 晚

一

云朵没有翻滚，呆呆地飘在天上，像一片海，呆板地向后移动。远处有橘色晚霞，细细长长地围绕在这片海的边际。

接近傍晚，余晖逐渐隐入黑夜之中，飞机左翼的灯比医院走廊的灯刺眼。它跳动的频率太快，拉下遮光板，不敢再直视那隔一秒就闪烁一次的光亮。

"哎呀，别给我看，烦死了。"右手边大概五十岁的女人烦躁地把递给她的手机推开。

女人戴着彩纹毛线帽，头发规规矩矩地披着，耳环是用蓝孔雀的羽毛做的，穿着绿红相间的碎花棉质民族长裙，是个讲究人。

"不看就不看，这么凶干吗？"递手机的男人好似受了很大委屈。

他们应该是东北的，口腔里吐出来的字都带有一种地方特色。

耳朵嗡嗡的，云霞把小桌板上的汉堡包拿起来往嘴里塞。飞机上的食物太难下咽，出发得匆忙，连平时最喜欢的周黑鸭都忘了买。

"姑娘，来尝尝肉丸子。"坐在右手边的女人用食指和大拇指从透明餐盒里拿了个肉丸递给云霞。

云霞有些不知所措，放下汉堡，用湿纸巾擦了几下手指。

女人定定地看着她，继续说道："我自己做的。"

"谢谢。"她接过女人手里的肉丸，有汤汁滴在小桌板上，笑了笑，连忙把丸子送进嘴里。

"味道怎么样？"男人伸出锃亮的脑袋好奇地看向云霞。

云霞不得不开始咀嚼起来，一点点咸，没多余的味道。她对着两个盯着她的陌生人，眯着眼睛点了下头。

"你阿姨弄的肉丸我可是吃了几十年，就她弄出来的味儿正，我们走哪都得带一盒。"男人晃了晃手里打开盖子的塑料餐盒。

"姑娘，再吃一个。"还没来得及吞咽，女人随手又给她递来一个。

云霞摆手，女人以为她不好意思。

"我们带得多，你就吃嘛，吃完再拿。"

云霞还想说些什么，几个肉丸子已经被放进她的纸餐盒中。

"喝啥可乐！咖啡都不行！给他来一杯温开水就行！"

送饮料的空姐和云霞都蒙了，男人却好似习惯了，讪讪地接过温开水喝了起来。

二

飞机空间狭小，充斥着各种食物的味道和咀嚼食物的声音。后排的孩子大声嚷着要喝可乐，用力踢着男人的椅背。

男人喝着温开水，好几次转过头却欲言又止。

"别踢椅子，我们要休息了！大人能不能管管？"女人瞪了后排一眼。孩子终于消停了，飞机舱里又恢复了安静。

云霞仔细擦拭完沾了肉汁的嘴角和双手，取下手腕上的黑色皮筋，把干了的头发从脑后往左胸前绑成麻花辫。心里空落落的时候她总爱编头发。黑色辫子搭在米色西装外套上更显黑亮。曾有人夸她的头发油光水滑，带有一股淡淡的说不清的洗发水味道，那种似有似无的味道让人忍不住想靠近。

说这话的人是老胡。

老胡最后发过来的好友申请，刚好是四年前的今天。他说："气消了没？再不回来，彤彤找不到妈妈又得哭了。"

云霞和老胡是在广东打工认识的，那年，她十八岁，他二十四岁。

老胡说："你吃过自己家种的葡萄吗？那种一整片院子都长满葡萄藤的水晶葡萄，还有漫山遍野的李子、桃子、柚子，根本吃不完，全是我家的。"

云霞看着眼前这个眉飞色舞的男生觉得有些好玩，谁还没吃过葡萄？

"所以你家在山上？"

"不算山上，就在镇旁，近得很，买肉做饭也就十来分钟。"

说到老家，老胡满是自豪。老家好是好，就是媳妇不好找，彩礼太贵了。彩礼钱少一点也得六万六、八万八，谈一个崩一个，两个老人还天天催，简直折磨死人。

三

跟着老胡回到宁乡，从火车换成大巴车，大巴车变成小面包车，再变成摩托车，终于在伴随狗吠的一片漆黑中到了。

第二日起来，才看清这栋房子的模样。是由红砖堆砌的砖房，墙面用简单的水泥涂抹，塑料口袋里装着苞谷、红苕、洋芋，随意地堆在堂屋。厨房里有一个大灶头，房梁上挂了几块腊肉、几串火红的辣椒。干柴散在灶膛外，大铁锅煮着的猪食在冒泡，是野草的味道。火烧得正旺，老胡从烧得漆黑的陶罐里舀了几瓢水出来，给云霞洗脸用。

"你来了就是我们胡家的媳妇，就是享清福的。有啥就给我说，我给你做主。"老胡母亲往云霞碗里夹肉，皱纹里都是笑意。

云霞不太吃得惯，但人家特意取下块腊肉，用辣椒就着蒜薹炒了，她还是拌着米饭咽了下去。

老人总喜欢带着云霞去卖菜，儿媳妇说的普通话让她很有面子。

谁说胡家找不到媳妇？不仅找了，还是个妥妥的美人坯子。

云霞想回趟河南，亲自告诉她的父母，她找了一个靠谱的黔北男人。可老胡总说，等等，再等等。云霞生气了，老胡就会借邻居家的摩托车带她去镇上买化妆品、衣服。

可镇上的商店也就那几家，每种香水喷出来的味道几乎没有区别，全是浓浓的香精味。

"以后我们就住在这儿？"云霞问老胡。

"你要不喜欢，我们过了年就回广东。"老胡扶她上摩托车。

"不是不喜欢，就是不大习惯。"云霞的声音消失在摩托车发动的杂音里。

四

云霞没回河南，她打电话给她父母的时候已经怀孕了。她一个劲儿地给父母承诺，生了孩子就办婚礼。她说，老胡一家对她很好。

她总爱吃些酸的，这让老胡母亲格外欣喜。以前碰都不碰的本地橘子，现在一口气可以吃好几个。老胡把橘子剥得很干净，连橘子带着的橘络也撕掉，笑着看她一瓣瓣放进嘴里。

云霞没想到自己会在宁乡待上三年，这三年里她学会了给女儿喂奶、做辅食。她还和同村的女人一起上山砍柴、种苞谷、挖土豆，卖菜给女儿买新衣服……

她忘了有多久没给自己买化妆品了，就连劣质味道的香水她也不敢再去喷了，两筐白菜只够买那一瓶混合液体，划不来。再说了，在农村只有那些搔首弄姿的女人才会喷那些个东西。

她问老胡，什么时候回广东。老胡说父母年龄大了，彤彤还小，都需要人照顾，人不能自私，再等等。

邻居的女儿出嫁，村里的人都来了，好不热闹。新娘描了眉，涂了唇，假睫毛长长的。平日里不怎么出彩的女孩，今天从里到外都透着自信美丽，像成熟的苹果，让人忍不住想咬一口。

她问老胡什么时候可以穿一次婚纱，声音湿漉漉的，都要结出露水来了。老胡只是埋着头，夹盘里的肉片，好似没有听见。

怀里的孩子扭着屁股站了起来，她要吃刚刚端上桌才炸好的土豆片，上面撒满了白糖。

她一伸手就被烫得哇哇大哭，老胡母亲一把从云霞怀里把孩子扯了过去。

"叫你心急，叫你心急，烫得安逸！"孩子被奶奶吓得收住了哭声，伸出舌头舔手指上的白糖。

云霞心里溢满委屈，却又说不上来是些什么委屈。老胡让她感觉，他们的关系如履薄冰。

孩子三岁了，云霞问老胡可不可以送到幼儿园，她想去镇上跟人学学化妆，以后开个美容院。

"你现在最重要的是给彤彤生个弟弟。趁我身体还好，还可以帮你们把孩子带大，以后老了，有这个心也没这个力咯。"老胡还没开口，孩子奶奶的声音却抢先响了起来。

"妈，我们还年轻，想要孩子以后有的是机会。我在家里也待了三年多了。我看隔壁邻居的女儿在镇上学手艺，每个月还是能赚不少钱的。"云霞觉得自己在这个家里除了洗碗、扫地、喂猪，这双手什么也干不了。

"听妈的，这两年化妆店不景气，你不晓得李家开的那个化妆店，就是挨着菜市的那家，知道吧？垮了，听说还亏了六七万。"老胡想着要是自己亏了这六七万，不得心疼得撞墙，撞得头破血流！

"吃个苕儿。"老胡把剥了皮的烤红薯递给云霞。

"农村里搞化妆，只有鬼才去，不垮才怪。"孩子奶奶抱着孩子乐呵呵地笑着走开了。

五

一切变了，又似乎没变。云霞望着屋后的山，山顶绕了层厚厚的雾气，要下雨了，她得在雨来临之前把挂在竹竿上的棉被收回去。

她给彤彤整理了一套干净的衣裳放在枕头旁，把身上皱巴巴的三张一元、两张五元铺开又叠起来放在枕头下，想了想孩子还太小，根本不会用钱，又把两张五元放回荷包，轻轻吻了一下小家伙梦呓时噘起的小嘴。

云霞的哥哥是在凌晨悄悄接走云霞的，那晚老胡刚好去邻村帮忙没回来。

老胡的媳妇跑了，从前的扬扬得意消失得无影无踪。

村里人都说，老胡家只当媳妇是只会下蛋的母鸡，连个彩礼都舍不得给，人家娘家怎么愿意放人在这儿。

老胡气得给云霞打电话，刚开始还可以打得通，就是不接，后来就直接被拉黑了，微信也删了。

这女人怎么这么狠心？彤彤哭着要妈妈，老胡发出好友申请："气消了没？再不回来，彤彤找不到妈妈又得哭了。"

她气啥？有啥好气的？昨天不是还好好地去地里掰苞谷吗？村里哪个女人不是这样过来的？

老胡实在想不明白，他想去把人抢回来。可是现在人在哪他都一无所知，就连她娘家在河南哪个地方，他也不清楚。他想报警，可是他们连个结婚证都没领。

几个月了，云霞彻底从这个村子消失了。除了彤彤和院子里的白菜胡萝卜，再没有什么可以证明云霞曾来过这个落后的村寨，曾和村里的女人们一起挽起裤脚上山砍柴，在酒席上吃着瓜子唠嗑。

老胡想不通，为什么云霞不打一声招呼，悄悄地离开，是因为他穷吗？肯定是的。他感觉所有的一切只是一场梦，一场没钱迟早都得醒来的梦。

六

　　云霞哥哥让云霞再嫁一次，是河南同村的小伙子。除了说话口齿不大清楚，其他都好。父母年轻，独子，家底厚，彩礼十二万。

　　云霞又在凌晨跑了，这次她跑到了杭州，跟人学化妆、文眉。

　　十一月的杭州开始冷了，才六点天就黑了。云霞在仿真皮上练习，眼睛都快随着绣针扎进皮里了。她把文眉当成画画，每一针扎下去都是细致的，带有生气的。

　　和人合伙在商场里开了家小店。她出技术，别人出资金。累的时候，她就看看老胡给自己发过来的那句好友申请，这句话似乎有无穷尽的力量，刺激着她不停地学习，不停地赚钱。

　　云霞没有什么朋友，合伙人是一个大姐，在杭州开餐馆。云霞给她文过一次眉毛，她说文的眉毛很适合她，是招财的风水。生意越做越火爆，大姐就把这个美容店交给云霞全权打理，每个月算次账就可以了。

　　云霞偶尔也会去西湖边走走，走完苏堤刚好半个小时。三月中旬的苏堤桃红柳绿，香樟和木樨枝叶茂盛，偶有锻炼的人跑过，带来一阵风。

　　云霞站在中央那块写着苏堤的绿色指示牌下闭着眼睛，每次在她孤独和迷茫的时候，这块牌子总是可以给她指明方向、带来力量。

　　这几年，找她文眉、微整的人越来越多，她也从小李变成了李总，在杭州这块寸土寸金的土地上开了三家分店，她的双手只给超级贵宾服务。

　　这次要去广东参加峰会，也是去学习新技术的，不学习就得落后。美容这个行业来钱快，技术设备也更新得快。

　　想和她在一起的人不少，却都是冲着她的能力来的。合伙的大姐给她介绍了一位大她十五岁的大哥，大哥风度翩翩，身上有一股成熟的魅力，对云霞可谓无微不至、有求必应，但人隔三岔五总会消失一下。直到她从一位VIP顾客那里得知，这大哥腰缠万贯，身边不缺女人，除了云霞，外面的女人都得排个六七八。云霞只觉得胃里翻江倒海，拿出手机将那个大哥的联系方式统统拉黑了。

她发现每个人只看得到她的优秀，却从来看不见她的脆弱。

也不知道什么时候得了胆囊结石，胃也出了问题。疼得难受才抽空去了趟医院，医生说这胆是保不住了。她永远也不会忘记自己一个人躺在手术台上，医生为她注射麻药的时候。即使在迷迷糊糊之时，她都不敢抬眼看冷光无影灯，对她来说，那个灯光过于刺眼。

她感觉自己就是只萤火虫，别人只想把她捉回去放在玻璃瓶里欣赏。从不问她是不是更喜欢在夜晚飞向稻田和森林，也不会问她是不是飞了很久，有些累了，可以暂时收起翅膀休憩一下。

七

飞机颠簸得厉害，广播里中英文反复播报着："女士们、先生们：请注意！受航路气流影响，我们的飞机正在颠簸，请您尽快就座，系好安全带。颠簸期间……"

旁边的女人吐了，一些才吃进去的丸子吐出来溅在云霞才买的棕色骑士靴上。云霞把手提包里所有的纸巾都递到女人手里，用还没丢掉的湿纸巾擦拭鞋上的呕吐物。

"不好意思，不好意思，弄到你身上了。"旁边的男人不停地道歉。

"没事，您让大姐闻闻橘子的味道，应该会好些。"云霞剥开一个橘子，放在女人鼻下。

空姐送来湿纸巾和厚厚的几沓报纸。

男人把报纸垫在女人的脚下，呕吐物被几层报纸遮盖住了。他轻轻拍着女人的背，小心翼翼地把女人垂下来的侧发捋到耳后。

"你不动，我来处理。"男人说。

"好的，我不动。"她乖乖地坐在那儿像个小学生，仿佛一开始那个凶悍的女人不是她。

云霞张开嘴巴打了个哈欠，飞行的轰隆声一下子灌进耳朵，所有的声音又开始清晰起来。

"姑娘是杭州的？"女人吐干净后恢复了精神。

"不是，我只是在杭州做做小生意。"云霞看了眼手表，应该不会晚点。

"巧了，我们也是在杭州西湖旁开民宿的！"男人又把头伸了出来。

"姑娘是做什么生意的？"女人继续抖着自己的长裙。

"美容方面的。"云霞微笑着介绍。

"怪不得你这么漂亮，皮肤这么好。我还说杭州养人呢！"女人眼里满是羡慕。

"您要是喜欢也能变成这样。要不我们加个微信，以后有需要联系我，一定尽力给您带来最好的服务。"

"好呀！"女人打开手机。

男人则拍打着光秃秃的脑门，嘴里嘟囔着："哎呀哎呀，又要花钱咯。"

飞机落地了，机场的灯光在夜色中生出几丝温暖。云霞解开西服扣子，戴上耳机，蔡健雅的《红色高跟鞋》在耳朵里响起来。

"疯狂却怕没有退路，你能否让我停止这种追逐……"她想，这次峰会结束一定要接回彤彤。

云霞握着那张一上飞机空姐就送来的贺卡，拖着行李箱走出机场，上面写着厦门航空祝您生日快乐。

七月铃兰

一

七月的清晨，有点干燥。不只空气干燥，路面也干燥，没有一丝水汽，或者说即便有点儿水汽也早都蒸发成天空中那几朵淡淡的云了。

"老胡老胡，居然之家路口，四差四。"语音才发出去，无数喇叭声在身后响起。

一辆出租车从左车道一脚刹在我的车前面，心里无数句脏话在奔腾，人没拉到一个，倒是被逼停在这个旮儿里头了。

"我说大哥，你开车可以注意点不？"随后下车，和出租车司机理论，反正我有的是时间，不像他们规定跑多久就跑多久，一分钟都不能超，每班还要交一百六的租金。

"你们黑车又好到哪儿去，老抢我们生意！说话客气点，不然我让城管来问候你！"伺机报复，不可理喻！

不过他啷个晓得我是黑车，难道发语音被听到了？

二

"去镇政府吗？"副驾驶玻璃窗外大概一米处有个女生歪着脑袋看向我。她白色的裙角带着褶皱在细微的风中飘着，米色单鞋，圆圆的鞋头小巧精致。

"走走走！"

拉开车门，把褐色包包放在腿上就开始系安全带。她所有动作都是轻轻的，慢条斯理。嗯，小学学的这个词终于有了用武之地。

"可以快点吗？上班要迟到了。"她侧头看着我。我也瞄了她一眼，乌黑茂密的头发，眉心有颗淡淡的痣，不是那种精致的长相，却有一双极美的桃花眼，眼里没有风情与妩媚，反倒装了几丝狡黠、几丝迷惘，还有一丝洞察万物之后隐隐的淡漠。

纳闷，为什么一个人的眼睛可以同时容纳几种毫不相干的情绪呢？

记得老家的山上有种花，叫叮当，学名为铃兰。花朵像悬挂着的铃铛，有几种颜色，白色最为常见。长在山谷里，下雨天，雨水落在叶子上，风吹过，低着头的花朵就开始轻轻摇晃，雨水就顺着叶子向下滚动，惹人怜爱，令人遐想。

这个女孩儿，她和铃兰一样。

"可以，但就拉一个人，油费都……"还有半句话没说完，脚却已经踩着油门往前奔了，因为这个女孩儿让我心动，我觉得一见钟情不过如此。

"你还要脸不？你哪天没告诉我你拉到几个美女，我都觉得不正常。你是不是忘了，你还有一个订了婚的女朋友在老家等你？"老胡给我发语音，就知道他会这样说。

"兄弟，这次不一样，她和那些大波浪，细高跟不一样。就这么说吧，我一路都在控制心跳，一点也不夸张。"

一路上，她都在看窗外的山。借着望后视镜的空隙，我细细打量她，耳垂上是一只镶钻银色小海豚，乌发捌在耳后，刚好可以看见颀长的脖颈，唇上的口红颜色和西梅汁相似。

本想问她叫什么，多少岁，可不可以加个微信什么的，但她的脸却再也没转向过我。

到了镇政府，她甩给我一张五十便下车了。连句谢谢都没说，有些失望。把那张钱甩了甩，闻了一下揣进裤兜。

三

一周后，又看到她在公交站台旁站着。我一个急刹，杵在她面前。

"文山？"

"镇政府。"她的小脑袋在我特意摇下来的车窗外歪着，和第一次见面的场景相似。

"上车。"

副驾驶有人先抢占了，她坐后排，都没多看我一眼，看样子已经认不得我了。但我还是觉得她肯定要赶时间，剩下的两个空位都不打算等了，急着送她。

把反光镜调到一个可以看到她脸的角度，才发现她穿衬衣真好看，脖子上有根细细的项链，是什么图案看不清，显得成熟了些，有点知性。

"今日多云，二十二至三十摄氏度，紫外线较强……"她的手机在播报天气情况，还没听完就被掐断了。

"美女，你经常坐我的车，要不留个联系方式，需要时说一声，我去接你？"副驾驶那位一下车，我就望向反光镜。

"不了，谢谢。"这女人是天生没有表情吗？眼睛都不带动一下的。

"真是热脸贴人家冷屁股，能贴倒好，你这个连边边都挨不上。哈哈哈……文山，走文山……"老胡取笑我。

"老胡，你要拉到她跟我讲一声，我得了相思病。"我承认我不要脸，但心之所向，真不是我能控制的。

"你怕是真的有病，老子连她长啥子样子都不晓得，看到也认不得，帮不到你的忙。对对……文山，差一个……"

四

"老胡，你看看微信，我把她照片发你了，看到她一定跟我讲一声。"这两天生意不错，往返都是满座，一天下来至少赚三百块。除了油钱，生活开销完全没问题。

"你发给我的那叫照片？从行车记录仪上拍下来的吧，就是披着头发穿着白裙子的女人，这大热天的，满大街都是这种穿搭。"老胡这个粗人怎么能理解，那么多白裙子，就她的不一样呢？

"你仔细看她的鞋，米色的，腰也不一样，有点细。"多看两眼就能发现区别的嘛，老胡就是没耐心。

"行了行了，不跟你叨叨了，老子拉人回城后还要去接娃儿吃酒。"我盯着花了一下午导出来的图，感觉时间太过漫长。

五

"南山路公交站台，我看到她了，穿红裙子，本来没认出来，但她的身材确实板正，头发和那张图片一模一样。"我正打算回去睡个午觉，听到老胡发的语音，倦意顿时一扫而空。

"美女，走哪？文山？"当我的车停在她跟前，凝固的空气才终于开始流动。

"鲁乡。"

鲁乡，一个连肯德基都没有的小镇，大热天的出去不热吗？

"今天不上班啊？"

"对。"她正打开包包拿出粉饼补妆，鼻尖的汗水把粉底都晕染开了。

瞟了眼手机，周六，今天确实不用去上班。

今天不同往日，她没看窗外，偶尔看一眼手机，更多的是看手里那块小镜子，似乎里面那张脸，哪儿哪儿都是问题，一会儿补眉，一会儿涂口红。

罗马凉鞋露出几个脚指头，细细长长的，和她的人一样。

手机响了，是她的。

"不用来接我，在车上了。嗯，到了跟你说。"她的语气轻快，嘴角微微勾起，这是我第一次感觉到她的明亮。对方会是谁啊？

挂了电话，她又开始照镜子了，第四次补口红了。

"美女，留个联系方式嘛，有需要随叫随到。"

"不用，谢谢。"

超过三次都不给联系方式，真当她是皇上生的女儿，公主啊？真晦气！可她那个侧脸，有这个资本，谁让自己不多读两年书，否则也不至于当个黑车司机，看到心动的人只能被拒绝呢？

"接她的是个二十出头的仔，戴个棒球帽，灰白T恤，帆布鞋，也就那样……"

"说重点，帅不？"老胡哪壶不开提哪壶。

"没有我帅，老胡，你晓得的，我是我们村的村草，他顶多排第三，你排第二。"

"听你这话就晓得对方有多帅了，美女配帅哥，登对，你就不要再瞎想了。"

老胡肯定不知道此刻我的心在滴血，心存的幻想在看到那个男生的那一刻就土崩瓦解了，觉得连幻想都不能再有了，人家那身高至少一米八，那胸肌隔着衣服都没的说，那脸那轮廓哪是我这个土生土长的黔北人能比的？更不要说我还穷得只剩这台贷款买的小电车，那男生牵她手的动作，没牵过几十次都不会那么自然。

六

再见到小兰已经是十月了，小兰是我给她悄悄起的名字，铃兰——小兰。老胡说我有妄想症，我也觉得我有，再次看到她，我依旧心动。

街上已经开始卖烤红薯、炒板栗了，等车的人双手裹紧外套，这个秋天的凉意来得好快。

她戴了长长的酒红色美甲，原本纤细的手指显得更细长了，头发染成了金棕色，睫毛浓密，很明显种了假睫毛，双眼布满红血丝，黑色冲锋衣把她瘦瘦的身子罩在里面，就像一棵极度缺水的小白菜。

她的右手打开微信聊天界面，然后又关上，打开又关上，应该是在等信息。

大概过了十分钟，她还是没有等到那条信息。

"你在哪？看到也不回？能不能说清楚？"电话那头显然被她充满愤怒的语气震惊了，久久没有开口。

"对不起？对不起有屁用，我最讨厌别人跟我说对不起这三个字！"

"我就这个脾气，你才知道？以为啥子你以为，次次说次次忘。"

第一次直观感受到小兰如此激动的情绪，准确地说，第一次听她完整说了那么多话，还带着情绪，真是有趣儿。

"给我唱征服，你怕是脑壳生包了……"我猜对方是上次那个棒球男。

能把这朵铃兰花顷刻间从白色变成了红色，不是，应该是猩红色的，怕就只有他了。

"美女，加个微信不？坐车……"这句话仿佛成了我每次与她相遇的口头禅。

"好啊，我扫你。"出乎意料，她居然同意了，我有些恍惚。

"二维码。"她看着我，眼里有一闪而过的戏谑。我感觉被她看穿了，慌忙打开二维码给她扫。

她是怎么下车的，已然忘了，转给我一个红包，点开，十元，车费嘛。

她的头像是一只戴着手链的手，那就是她的手，手链上的小海豚和她戴过的耳钉一模一样。朋友圈仅三天可见，背景是一只海豚在表演，看着像是自己拍的。

七

老胡说下午他拉到小兰了，刚好她们下班。老胡问她对我有没有印象，小兰说，开电车的那个，有点儿印象，接着就闭上眼睛睡觉了。

"她看手机没？"这不像她啊，每次在我车上不是看风景就是用手机聊天。

"没看啊，感觉她很疲倦，一直闭着眼睛。"

陪进城采购的未婚妻逛商场，远远地就看见小兰了，在生蔬水果区。她穿了一件灰色毛衣，头发罕见地绾了起来，没戴任何首饰。旁边站着个三十岁左右的男人，藏青色派克服、白色衬衫、黑裤、黑皮鞋，鼻梁上架着金框眼镜，一副职场精英的模样。

这个男人，比起那个棒球男，更多些成熟稳重，一表人才，这就是我未来岳父母最心仪的女婿类型。想到这儿，我承认我嫉妒了，转而对棒球男有了些好感。

这男人和小兰一样，脸上没有任何表情，只是推着购物车等着她挑选，眼睛却没看她，盯着旁边的橘子发呆。

"所以，小兰出轨了，和那个棒球男？还是那个棒球男是她男朋友，她勾搭上这个超市男了？兄弟，你喜欢上的女人也不过如此。"老胡角色代入太快，连代号都给人取好了。

"别乱说，她就是出轨，那不也正常吗？只是这两个男人看起来还没我帅，跟我才不吃亏。"

"你能不能撒泡尿照照？说多了都是打击你。晚上小李烧烤，你买单。"比起不要脸，老胡果然比我更胜一筹。

八

晚上十点半，小兰首次给我发信息，让我去文山茶馆接一下她。

黔北冬天的晚上很冷，我提前把空调打开，在车里等了半个小时，她才缓慢地从茶馆走了出来。文山的夜景一向很美，霓虹闪烁，车水马龙。唯独这间茶馆没有颜色，安静得像幅画，毛笔画的水墨画。

小兰扎了个丸子头，脸很白，黑色呢子大衣，腰带系得很紧，靴子也是黑色的，从头到脚都是黑色，除了红色的唇和猩红的双眼。

"谢谢你，大晚上的麻烦你来接我。"她的语气平和，却在强忍着什么。

"你还好吧？"我想伸手拍拍她的背，伸出去又收了回来。

她的脸朝着茶馆方向，笑了一下，那个笑容十分苦涩。

"走吧。"她淡淡地说，像是对我说，又像是对自己说，仿佛做了个重大决定。

电话响了，小兰没接，就一直让它响着。持续了好久，那个电话还在不依不饶。

"接吧，不然人家会一直打。"她的手腕上戴着那条头像上的手链，钻石小海豚，在灯光下有些耀眼。

"刚刚说得还不够清楚？"她终于接了，一猜就是棒球男。

"别说这些了，谢谢你曾经的陪伴，你不欠我什么。"情绪开始起伏了，这小子有些本事。

我赶紧压慢速度，开太快估计他们电话都打不完。

"江湖路远，珍重。"对方还在不停地道歉，小兰提前结束了对话。

我看见她的眼泪在挂完电话的那秒夺眶而出。真弄不懂，既然这么喜欢，为什么要说狠话分开，喜欢虐恋吗？

九

"我猜，她出轨被抓了，超市男是她老公，那个棒球男是爱而不得。兄弟，可惜了，听你说就晓得她喜欢棒球男得很。"老胡叼着烟，吐了口烟雾对我说。不知从什么时候开始，他也喜欢开始八卦分析这些破事了。

"应该是，不过她都开始发信息让我接她耶。老胡，是不是下一个就可以轮到我咯？哈哈哈……恭喜我成为下一个棒球男吧！"吃口烤鱼，喝口冰啤酒，爽啊！

"兄弟，我劝你赶紧准备奶粉钱，你媳妇肚子都开始显怀了。"

"不拉我回现实，你不安逸是不？"刚烤的排骨冒着油在嘴里嗞嗞作响，别提有多满足。

"你小子，上次你那小电车被城管拖走，是哪个拿了六千块给你取出来的？"

上个月拉人原本去鲁乡，收五十，那龟儿子到了才说贵了，只肯给四十，闹了几句，下车居然拍了车牌号悄悄把我举报了。不出所料，在居然之家路口被瓮中捉鳖，那段时间一下子成了无业游民。媳妇晓得了劝我消财免灾，把打工的钱转了六千给我先交罚款把车取出来。

老胡这是在提醒我要懂得感恩，不要干昧良心的事啊。

"老胡，当兄弟这么多年，你难道还不晓得我？"这小子自己气跑了媳妇儿，是怕我又重蹈覆辙啊。

"晓得就好！"

两人提着玻璃菠萝杯碰了一下，继续大笑。

十

再一次去文山镇政府，是一个年轻男子包车。我问他认识小兰不，那个瘦瘦高高的，有一双桃花眼的女孩子。

"你说的是林琳吧？她去鲁乡教书去了。"

"不是在这儿待得好好的吗？为啥啊？"

"说起来我也是最近才知道原因，听说她一直都挺喜欢乡下的，她跟着她奶奶长大，考这里是因为她老公。"

"是不是瘦瘦高高的，喜欢穿衬衣，戴个金丝眼镜的那位啊？"

"你怎么比我这个前同事还清楚哦？就是他。据说他们在一起好几年了，大学就在一起了，虽然异地，但感情很好。林琳在北海读书，她老公隔一段时间就会去看她。林琳喜欢海底生物，特别爱看海豚表演节目。有一年过生日，她老公还特意给她定制了项链手链什么的。"

"图案是不是海豚？"

"应该是吧，我也是听她要好的朋友说的。"

"后来呢？"

"后来，林琳费了很大的劲考到了政府，她原本是学数学的，硬是搞上了文字工作。他们结婚后生了个女儿，她的婆婆希望她再生一个，老人家嘛，比较封建，就希望有个儿子续续香火。"

"就是封建！她老公呢？没站出来说句话？"想着小兰那个娇弱的身躯，还要被迫生儿子，就觉得他们脑壳完全生锈宕机了。

"我跟你说，你别说出去，听说她老公出轨了，和超市的一个女经理。她发现后要求离婚，她老公却不同意，说这么多年的感情舍不得，况且还有个孩子。"

"舍不得这三个字，亏他说得出口！"我终于在实践中懂得义愤填膺这个词的含义了。

"协商几次没有成功，孩子还小，她也没闹了。后来他们就过上了那种面和心不和的日子。她婆婆不仅催生还想办法转移财产，这也是后来才知道的了。"

"天杀的，所以她才去鲁乡的？"

"她离婚后就辞职去鲁乡了。"

最后还是离婚了，我本来还想问问她和棒球男是否还在一起，但看这位前同事好像对棒球男的存在一无所知，就打住了。

十一

"兄弟，能理解小兰为啥子找棒球男了。是我，我也要报复啊，他能搭上女经理，凭啥子小兰就不能找年轻的仔？"老胡已经能娴熟地站在小兰的角度剖析问题了。

"对嘛，她找十个也是她应得的，哪个叫那个男的不离婚还故意一而再再而三地伤害她？"只希望这十个里面有个我，让我去保护她。

"兄弟，你是不是又忘了你媳妇快生了。"老胡又读懂了我还没说出的话。

"咋个敢忘？今天跑了两百，给她一百五，我自己买了包烟，吃了碗抄手。老胡，生活太苦了。"

"兄弟，这世上不都是坑坑洼洼的吗？我们不能责怪用小石子铺满泥泞沼泽的人，他们也是为了可以继续走下去。也许泥泞的坑洼会被铺满，也许沼泽越填越深，没有尽头，但有一个可以喘息继续前行的机会，总比不走了好吧？"

我很好奇老胡几时变得如此文艺，是因为媳妇跑了，一个人带着娃儿跑车，还是我们就着花生米吞下的这瓶酱香白酒？

　　老胡抱着我，说，兄弟，能跟你过苦日子的人，你就真心待人家，该给的就给，别整那出，最后都没什么意思。

十二

　　市区的夏天又来了，墨绿的爬山虎爬满老城区待拆的房屋，花坛里一株株三角梅开得正旺，空气燥热，这个夏天的水蒸气应该来不及变成云朵就要挥发在半空了。

　　"文山，文山，上车就走。"

　　"鲁乡。"

　　我转头看过去，一个男生正埋下头看向我，是棒球男。他身边站了一个短发女生，是小兰！她居然把及腰的长发剪了。

　　"好久不见！小兰，不对，林琳。"

　　"好久不见。不过我有跟你说过我的名字吗？"小兰笑了，苹果肌饱满，露出几颗光洁的牙齿。

　　"你说过呀，太久了，你忘了吧？"看她笑得那么开心就想逗逗她。看来这位棒球男还是挺厉害的嘛，半年就让她恢复成这个样子。

　　"是吗？事情太多，也许忘了。"她还是穿着去年的那双凉鞋，脸和脚指头肉了些。

　　看向她的耳朵、脖子、手腕，没有钻石小海豚饰品了。

　　"你在找什么呢？"她觉得我莫名其妙，眯着眼睛看着我。

　　"你的小海豚呢？"刚说出口我就后悔了，真是被老胡传染了，哪壶不提哪壶。

　　"我姐不喜欢戴那些东西。"从反光镜看到棒球男正在气愤地瞪着我。

"你姐？"

"你难道看不出来我和我姐长得一模一样吗？"

我这才仔细观察他们的五官，的确很相似，桃花眼，饱满的苹果肌……

"可是你也是黔北的，怎么做到长这么高的？"直接欲哭无泪，敢情我和老胡分析半年的神秘关系和事实八竿子打不着。

所以，很多真相和事实并不是我们所想的那样，我们只是猜测事情是怎样发展的。有时候即使知道真相了也不愿意去相信，因为和我们所分析的毫无关联。人，就是这么奇怪。

"遗传啊，大哥，基因懂不懂？你朋友圈晒的娃儿和你不就一模一样吗？"

小兰又笑了，手指有节奏地轻轻叩打在车窗上，铃兰原有的芳香从车尾追着我们闯了进来，塞满了整个车厢。好久没这么轻松了。

遥远的H

一

修长的食指轻轻摁着车窗玻璃的按键，你看，她好像很温柔，除了对自己。

山里的风将她的帽檐刮得抖动起来，睫毛有些许颤动，下巴有点油菜花的金黄。

"风太大了，要感冒的。"

她听得见吗？

她的眼里有前方的山，有那条经过的溪水，有水边老人牵着的水牛，有所有，又好像空空的。

木讷？淡漠？对，似乎很努力地在和世界构建联系，又不知所措、无能为力。

她抿着嘴，在笑。可是，她越笑整个人越破碎了。就像被一颗子弹打在心里，一点声响都没有。

"姐姐，带我去凉溪吧。"

她终于开口了。

二

在大学门口，脸颊一直发烫，张开左手怎么挡也没用。喜欢在凉溪晒太阳，前提是戴了帽子或撑伞。

凉溪的河水依旧很安静，玫粉色、白色的桃花花瓣漂浮在上面，荡开去又被风揽回来，泛起层层涟漪，真美啊！走在大树下，有清爽的凉风灌入发丝，眼睛也感受到了春天，有些湿润。

H，你会想到吗？多年以后，我又回到了这里，凉溪的风景依旧，周末的行人都是懒洋洋的，只是学校门口的商铺被脚手架和围挡遮起来了，听说要老城改造。所以商铺前的洋芋摊、恋爱豆腐推车，还有那些卖草莓、樱桃的水果摊都搬走了。哦，那个挑着担子卖豆腐脑的阿姨还在，但我不确定还是不是从前的那个阿姨，你知道的，这个世界那么匆忙。也许，她也不想在凉溪这个地方挑着两个铁桶一直叫卖："豆腐脑，豆腐脑。"一辈子那么长，我们也要允许变化存在，对吧？

买了一串有六个山楂的冰糖葫芦，味道嘛，你知道的，就那样。

曾经，冰糖葫芦的塑料薄膜你会小心翼翼地替我撕掉，第一颗一定是送进我口里的，然后笑眯眯地问我酸不酸。我说不酸，你才会顺着我咬过的那个方向尝一颗。你的五官皱在一起，就要敲我的脑袋。不过，对于爱吃酸的我来说，这确实不酸，而你每次都会信我说的。

总是在想，就算是我骗你，你也一定会毫不犹豫地选择相信吧！

树林下面，有一个老太太搭了顶帐篷，天蓝色的。她把小孙子放在吊床上，自己则坐在可以折叠的小凳子上刷视频。我们的吊床是彩虹色的，我看到你的手指关节清晰，你摇了五分钟，把我赶下来。你说也要试试被人伺候的感觉。我在上面赖了好久，在你答应可以给我买一个冰激凌的条件后，你终于躺了上去。

为了那个抹茶冰激凌，我抓着你的白色T恤用力摇晃，跑着助推，你的手拽着吊床，求我停下来。你说，再晃，刚吃的豆腐脑要吐出来了。我笑你不懂享受，你摸摸我的头，把切好的菠萝块放入我的嘴巴，觉得还是伺候我合适些，声音里都是笑意。

傍晚多好啊，H，你也很喜欢夕阳落在凉溪的山头上然后一寸一寸向下滑落吧。坐在河滩旁的木凳上，你紧紧抓住我的手，你的手好暖和啊，望着映在水面的灯光，以后每年我们都回凉溪来看看吧，你的语气郑重而认真。

回学校前的十分钟，你给我买了冰激凌，是杧果味的，抹茶味的卖完了，你说下一次给我买抹茶味的，我们的时间还有很多。的确，我们要在一起很久很久，久到可以把凉溪所有的冰激凌吃完。

你说要是喜欢，以后每次看到抹茶味的冰激凌都给我买一个。

三

结婚的时候，特意嘱咐你要来接我，可是当他们挤开我的卧室门时，我没有看见你。提着婚纱走到窗边到处找你，闺密们也帮我找了很久，说你没来。

秋天，那日天气凉爽，我怕冷，特意准备了一个白色毛披肩。我想，你也会怕我着凉的。但我实在不知道到底是什么样的理由，那天让你没来。

鞭炮一直响，我跪了父母，坐上婚车奔向你。

在婚礼现场，时辰还没到，所以就在车里待着，太阳出来了，有点闷，化妆师不停地给我补妆整理头发，我买的那块披肩没有用上。主持人宣布婚礼开始，伴娘伴郎们随着音乐进场，小朋友接我下车，我塞给她一个红包，看到你了，你牵着我的手往台上走，似乎有点疲惫。

你应该没注意到那日我化的妆容，宾客们很热情，喷着礼花，背景音乐是《婚礼进行曲》，热闹非凡。你牵着我大步往前走，丝毫没留意我穿了十厘米的高跟鞋，走起来有点费力。小朋友牵着我的尾纱，我的脸上尽量保持着微笑。

主持人问你，我喜欢吃什么，你回答水果。是的，我最爱吃水果，所以我又笑了。

"新娘最想去的地方是哪里？"

"玻利维亚。"

那个时候我真的想去看看天空之境，所以一直给你念叨玻利维亚，没想到你还记得。

"新娘穿的鞋是多大码的？"

你没有第一时间回答，停顿了大概半分钟。台下的观众开始窃窃私语。

你说三十七码。

这是最简单的问题了，我的鞋子一直都是三十六码。

我还是抿着嘴笑，算是默认了。场下掌声热烈。你的耳朵有些发红，不知道是因为自己胡诌，还是台下有个身影是你在意的。

晚上，我问你为什么不去接我，你说你们家的规矩是结婚男方不能去女方家接亲。我说，我怎么不知道有这个习俗，你说是你父母说的。这既然是习俗，就算了吧。

我们很久没有好好说话了，你和你的朋友开了家酒业公司，你说赚到钱给我买我喜欢的包包。可是比起包包，我更在意我们可以好好说说话。

夏日，小县城格外燥热，马路牙子冒着热气，高耸的建筑在蒸腾的热气里开始有些弯曲，脑袋也随着包裹我的气体一阵阵胀痛。车来车往，可我要去的地方一辆车也不愿意停留。最后我是坐公交车去的，车上挤满了人，空调似乎坏了，充斥着各种味道，什么时候被挤到人流中央的，什么时候感觉到呼吸急促的，全然忘了。

是的，我晕倒了。是被臭晕还是热晕的，也不重要了，两个阿姨把我扶到公交站台的座椅上散热，喝了藿香正气液，大概十分钟回神了。

记得有一晚，我在村里玩，第二天需要吃的药留在了家里，不得已要回去，那时已过十一点，给你打了电话，希望你可以接我一下。H，可你说你要去另外一个乡镇陪客户吃烧烤，让我自己找人接。我告诉你村里的人睡得早，没人可以接我。

你终究还是来接我了，你说我很麻烦。把我送到楼下，你就走了，那一晚凌晨四点你才回家，衣服上有好几根黄色的头发，和婚礼现场你盯着的方向的那个女孩儿的头发颜色相似。当然，这些我都不会告诉你的，H。

所以，往后的日子，我也学会了沉默。

看着马路对面的冰激凌店，视线模糊。

你的电话来了，质问我，车程十分钟的路，走也走到了，是不是出门又在化妆选衣服了。好久，你才发现了我的沉默。

那几根黄色的头发又浮现在我的脑海。

那日我像个疯子一样反复揪着自己的手臂，把眼睛能看见的所有东西都砸向大理石地面。破碎的物体并没有让愤怒与痛苦得到丝毫缓解。看着镜子里的自己，那个镜子里的女人，双眼布满红血丝，头发凌乱，头顶已然多了几根刚刚冒出的银色发茬，白色的T恤胸口还有几滴油渍。

四

我说我们就这样吧。

然后你说对不起。

在凉溪，过马路时，你牵着我的手说，世界上没有什么事情值得让我匆匆忙忙，无论什么。

H，我竟不清楚，哪个才是你。

我讨厌别人跟我说对不起。对不起有用吗？对不起只是让道歉的人心里好受些而已。

一个故事的开始可能只需要一分钟，可是一个故事的结束却需要无数个日日夜夜。

　　用了好久的时间才对自己说，允许自己慢慢地去看云朵飘浮，研究溪水里的虾米如何钻入泥沙，比画冬日稀薄的影子，然后遗忘。

　　从凉溪回去的路上，没有落日与晚风，戴上耳机，有熟悉的声音响起，耳朵根开始发烫。中午脸颊被晒会发热变红，然而傍晚，没有热气甚至有点凉意。

　　靠在车枕上，听着姐姐感叹凉溪大道两旁的变化，耳机里的声音低沉雀跃，说县城开了家新的冰激凌店，一定有抹茶味儿的。

　　可是，H，六年过去了，抹茶冰激凌早该融化了。

　　我笑着把车窗摇了下来。

　　"风太大了，要感冒的。"姐姐拉过我的手握在掌心道。

　　声音还在继续，说些什么已听不清了，双耳如一潭死水已经被抽水泵抽空，怎么能再起波澜？

　　那只是一个寻常的周末。